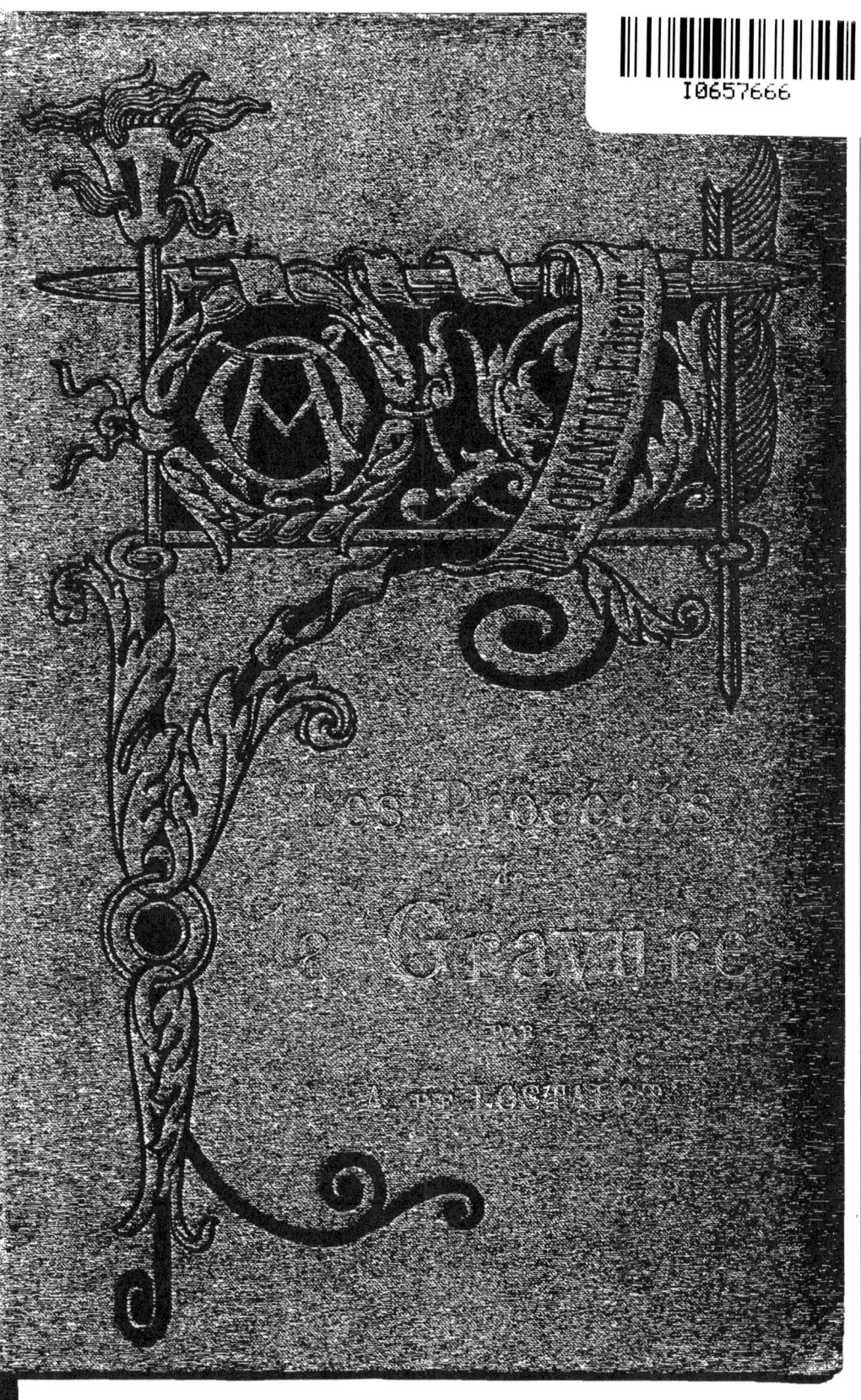

GAUTHIER-VILLARS, Éditeur

Les Procédés
de
la Gravure

A. DE LOSTALOT

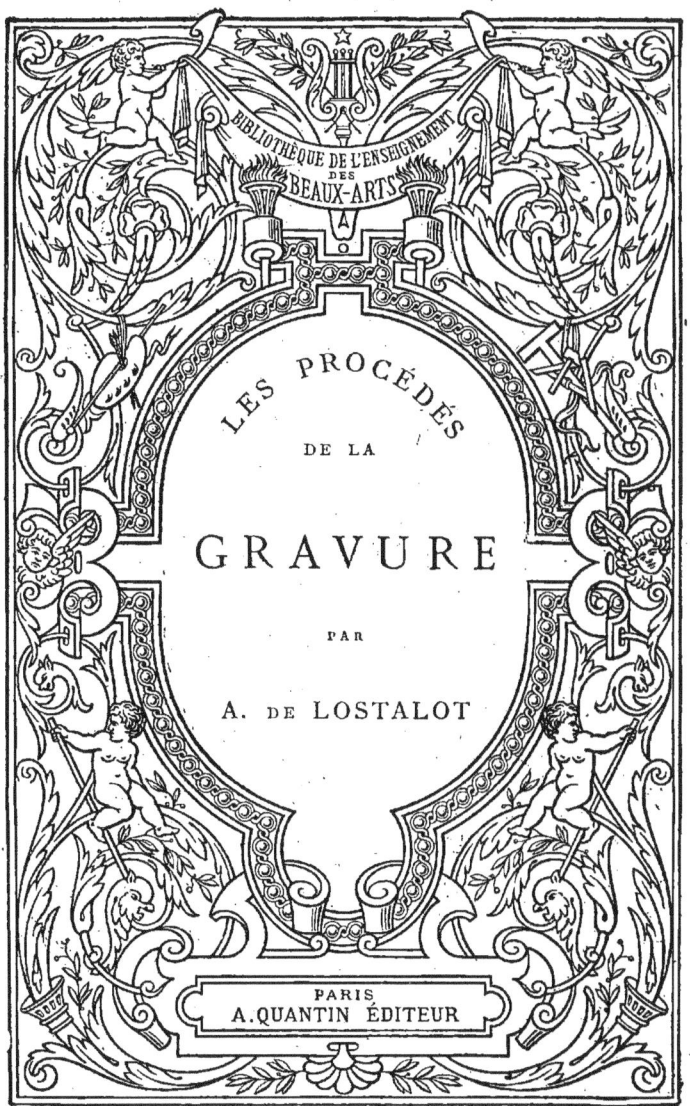

BIBLIOTHÈQUE DE L'ENSEIGNEMENT DES BEAUX-ARTS

LES PROCÉDÉS

DE LA

GRAVURE

PAR

A. DE LOSTALOT

PARIS
A. QUANTIN ÉDITEUR

COLLECTION PLACÉE SOUS LE HAUT PATRONAGE

DE

L'ADMINISTRATION DES BEAUX-ARTS

BIBLIOTHÈQUE DE L'ENSEIGNEMENT DES BEAUX-ARTS

LES PROCÉDÉS

DE

LA GRAVURE

PAR

ALFRED DE LOSTALOT

Rédacteur de la *Gazette des Beaux-Arts*.

PARIS

A. QUANTIN, IMPRIMEUR-ÉDITEUR

7, RUE SAINT-BENOIT

—

NOUVELLE ÉDITION

AVANT-PROPOS

Nous n'avons pas la prétention d'examiner par le menu tous les procédés inventés jusqu'à ce jour dans le but de multiplier les épreuves d'une image, dessin original ou copie, cette image pouvant être gravée en creux ou en relief, photographiée ou lithographiée. Une étude aussi vaste absorberait à elle seule toute une bibliothèque. Notre ambition est moindre : nous avons voulu initier le public à des questions qui lui sont étrangères parce qu'elles ne sont pas comprises dans le bagage de l'éducation générale. C'est un travail de vulgarisation.

Nous sommes parti de ce principe que les personnes qui nous feraient l'honneur de nous lire se trouveraient, en ouvrant ces pages, sur un terrain tout nouveau pour elles ; aussi n'avons-nous pas craint d'insister, peut-être outre mesure, sur certaines explications nécessaires. Pensant que le plus grand mérite d'un livre de ce genre est la clarté, nous nous sommes efforcé vers la lumière ; si parfois ce désir d'être bien compris nous entraîne à des répétitions en apparence inutiles et certainement un peu fatigantes pour le lecteur, nous le prions de nous les pardonner en faveur de l'intention.

L'histoire de la gravure et son esthétique, c'est-à-dire la détermination des caractères du beau, sont exposées dans un premier volume de cette bibliothèque par M. le

vicomte H. Delaborde, membre de l'Institut et conser-
vateur du Cabinet des Estampes. Malgré tout le respect
que nous professons pour cet éminent écrivain, il nous
arrivera parfois d'empiéter légèrement sur un terrain
qui lui appartient de droit, mais nous aurons soin de ne
pas nous y attarder et d'y prendre seulement les éléments d'une distribution méthodique et chronologique
de nos propres matériaux. Il nous était impossible de
faire autrement : l'étude des procédés de la gravure serait
sans intérêt si on ne l'appuyait sur l'histoire : ils sont
intimement liés au mouvement général de l'art, et parti-
cipent des tendances qui spécialisent tel ou tel groupe
d'artistes à des époques qu'il fallait déterminer.

Pour ce qui est des procédés modernes, lithographie,
photographie, photogravure, gravure chimique ou mécanique, ils nous appartenaient en propre ; nous avons
pu donner à leur étude une extension d'autant plus
grande qu'ils tiennent une place considérable dans
l'*imagerie* de notre époque.

« Il reste acquis, écrivait M. Ph. Burty en 1867, que
le monde se désintéresse de la gravure sur métal, que
l'eau-forte succède au burin, que la lithographie ago-
nise, que le bois est en péril, que le « procédé » tend à
supprimer le burin, l'eau-forte, la lithographie et le
bois, et que l'agent provocateur de ces menées révolu-
tionnaires, c'est, directement ou indirectement, la photographie. »

Ces paroles chagrines sont de mise aujourd'hui,
comme elles l'étaient il y a quinze ans ; cependant il
nous est agréable de constater que le mal signalé par
notre confrère, si compétent en ces matières, n'a pas
sensiblement empiré depuis cette époque ; au contraire,
il semble que l'art de la gravure ait repris quelques
forces : l'intéressant malade ne veut pas mourir.

Le burin, plus compromis que les autres procédés, se défend avec vigueur ; il est vrai qu'il a trouvé dans l'État, dans la ville de Paris et dans les sociétés d'amateurs une tutelle sérieuse. Cependant le public, à tort ou à raison, lui refuse ses faveurs ; on le trouve froid et guindé ; sa vieille réputation d'exactitude est fortement ébranlée depuis qu'elle est soumise au terrible contrôle de la photographie. Mais ce sont là des griefs secondaires ; on oublierait tout cela et le plus grave, la cherté de ses épreuves, si les bons artistes ne faisaient pas défaut. Jamais le goût des belles estampes n'a été plus répandu, et si les amateurs recherchent particulièrement les eaux-fortes, c'est qu'ils ne trouvent pas chez la plupart des graveurs en taille-douce du moment les qualités d'artiste suffisamment accusées.

Le procédé héliographique a cela de bon qu'il supprime un interprète sur deux : on n'a plus à compter qu'avec un seul traducteur du tableau à graver, le dessinateur. C'est moitié moins de chances d'erreur.

Pour les éditeurs, ce procédé a d'autres avantages encore : il coûte moins cher que la gravure à la main et il est infiniment plus expéditif. L'héliogravure peut livrer dans les vingt-quatre heures, tout prêt à passer sous la presse, le cliché d'un dessin quelconque exécuté sur du papier. Les artistes enfin lui accordent toutes leurs préférences et ce n'est pas sans raison ; ils y gagnent de pouvoir conserver leurs dessins après en avoir obtenu la reproduction la plus fidèle qui se puisse voir. Ce n'est pas tout : comme la photographie, dont on fera une héliogravure, s'obtient dans le format que l'on veut, ils n'ont pas à se préoccuper de déterminer à l'avance les proportions de leur dessin ; peu importe qu'il soit quatre ou cinq fois plus grand que la gravure dont on doit se servir. De là une plus grande liberté dans l'exécution et la possibilité d'indiquer avec précision des détails que la main se refuserait à tracer, s'il fallait s'en tenir aux proportions du livre ou du journal où la publication doit avoir lieu.

En résumé, il est incontestable que le soleil fait mieux les choses que le burin le plus habile, quand il s'agit de *fac-similer* un dessin, c'est-à-dire de le copier servilement. Reste au graveur le champ de l'*interprétation*; c'est un domaine assez vaste pour qu'il soit assuré d'y trouver toujours une existence honorable, mais à la condition de l'exploiter en véritable artiste. Le métier perd tous les jours du terrain, l'art seul peut empêcher la gravure manuelle de périr.

Il nous reste à dire un mot des gravures qui illustrent le texte et qui ont été choisies parmi les meilleurs modèles de chaque genre. Il nous a malheureusement été impossible de les placer dans un ordre rigoureux, car certains chapitres en auraient été surchargés alors que d'autres en auraient été dépourvus. Mais le *procédé* employé a été mentionné au bas de chaque gravure et une table spéciale, à la fin du volume, rétablit leur classement régulier.

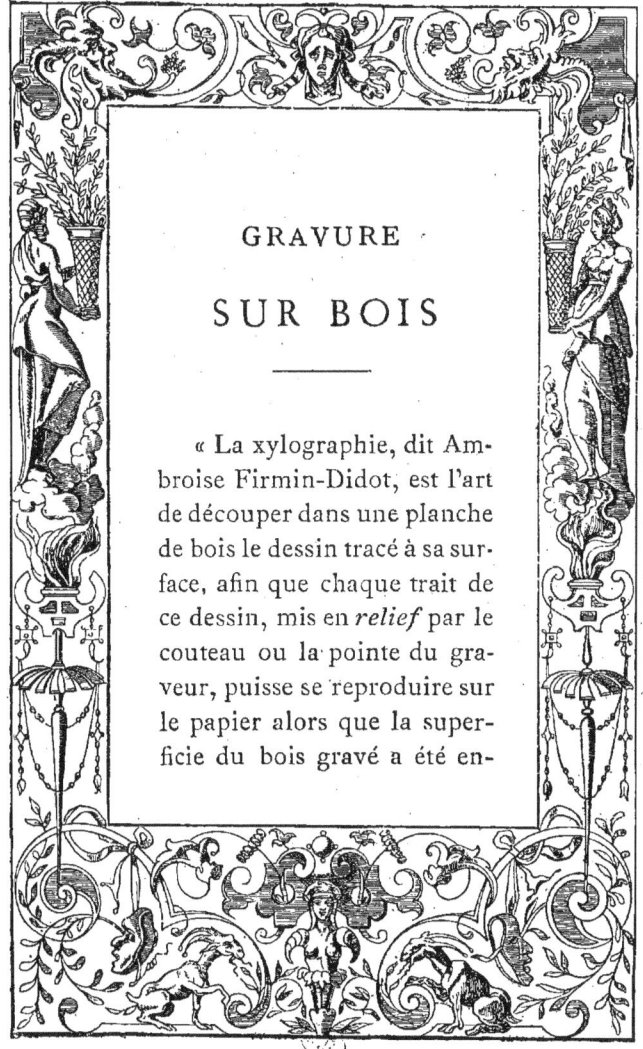

GRAVURE

SUR BOIS

« La xylographie, dit Ambroise Firmin-Didot, est l'art de découper dans une planche de bois le dessin tracé à sa surface, afin que chaque trait de ce dessin, mis en *relief* par le couteau ou la pointe du graveur, puisse se reproduire sur le papier alors que la superficie du bois gravé a été en-

ENCADREMENT DE JEAN DE TOURNES
Bois réduit par l'héliogravure.

duite d'encre d'imprimerie. Cette empreinte, dans l'origine, s'opérait au moyen d'une pression exercée par la brosse ou frottoir, et c'est plus particulièrement à ce genre d'impression que s'applique le mot xylographie [1] ».

Ce procédé long et imparfait, que l'invention de la presse à imprimer a remplacé avec tant d'avantage, est encore en usage pour l'impression des papiers de tenture. Les graveurs sur bois l'appliquent journellement et aussi les imprimeurs, quand ils ont besoin d'obtenir une épreuve d'une gravure.

HISTORIQUE.

Il est incontestable que la gravure en relief, et nous entendons par là l'art de mettre un dessin en relief dans le but d'en multiplier l'image, était pratiquée par les anciens. Les toiles peintes de l'Orient, qui remontent à une haute antiquité, en Asie, prouvent que l'impression au moyen de reliefs n'y était pas inconnue. On peut même supposer que c'est à l'application de ce procédé aux livres de Varron que Pline fait allusion, lorsqu'il vante l'invention *merveilleuse* et presque *divine* qui permit à Varron, à l'exemple du célèbre bibliophile Atticus, de reproduire dans son livre des *Imagines* les portraits des personnages illustres, et de les multiplier à l'infini. Pline ajoute que sept cents portraits ainsi reproduits

1. *Essai typographique et bibliographique sur l'Histoire de la Gravure sur bois*, par Ambroise Firmin-Didot. Paris, 1863.

dans l'ouvrage de Varron pouvaient être expédiés en tous pays et ne *faisaient qu'un* avec le livre. Quant au procédé, il n'en souffle mot : nous devons donc nous borner à cette conjecture et l'entourer de la plus grande réserve.

Pour que la gravure sur bois fût effectivement inventée, ou prît une extension considérable, il fallut que la découverte du papier vînt lui fournir le moyen de tirer un bon parti de ses épreuves : auparavant, elle avait à peine sa raison d'être, car le parchemin, les peaux et les tissus ne se prêtent guère à l'impression en relief. Or la fabrication du papier paraît dater de la première moitié du xive siècle.

Il est fait mention de cartes à jouer dans le roman du *Renard contrefait* (1341), mais on ne saurait établir si ces cartes étaient fabriquées de toutes pièces à la main, ou si l'impression y donnait le contour des figures; il faut remonter jusqu'à la fin du xive siècle pour trouver des cartes imprimées bien authentiques.

Si nous laissons de côté les cartes à jouer et deux petites estampes au *criblé* imprimées vers 1406, d'après M. Delaborde, lesquelles sont du reste gravées en relief sur métal et non sur bois, l'estampe xylographique la plus ancienne que l'on connaisse est datée de 1418 : elle représente *La Vierge entourée de quatre saints*; cette précieuse relique est au musée de Bruxelles. Une grossière image de *Saint Christophe portant l'Enfant Jésus* vient ensuite, datée de 1423. Faut-il attribuer à des graveurs allemands ou à des Flamands ces prémices de l'art? On l'ignore, et du reste la question importe peu à notre sujet.

Dans les premiers livres xylographiques avec gravures, la *Bible des pauvres*, l'*Histoire de la Vierge*,
texte et gravures sont découpés dans le bois : ils sont
antérieurs à 1454, époque où paraît le premier ouvrage
imprimé typographiquement, c'est-à-dire en caractères
mobiles ; ce livre est intitulé : les *Lettres d'indulgence.*

Les premiers essais de gravure sont très inférieurs
aux miniatures des manuscrits de la même époque ; c'est
qu'ils n'étaient pas encore du domaine de l'art, ou plutôt
que les artistes dessinateurs n'ont pas été appelés les
premiers à faire usage du nouveau procédé : les imprimeurs s'en remettaient du soin de tailler le bois à des
ouvriers ou aux imagiers des fabricants de cartes. La
gravure était, au début, purement linéaire ; puis vinrent
les images ombrées de quelques hachures parallèles ; les
tailles croisées se montrent pour la première fois dans
une planche de la *Chronique de Nüremberg* (1492). Cet
ouvrage, qui contient deux mille gravures de Wolgemuth, le maître d'Albert Dürer, et de Pleydenwurff, est
plutôt un recueil d'images qu'un livre : on peut le considérer presque comme le précurseur de l'*Illustration.*

En Italie, un des premiers livres remplissant toutes
les conditions d'art désirables est le *Songe de Poliphile*,
ou *Hypnérotomachie,* publié à Venise, par Alde Manuce,
en 1499. Une traduction française de l'ouvrage de
Francesco Colonna parut à Paris en 1546, avec des
gravures françaises, mais inférieures à celles de l'édition
originale par la grâce des types et la souplesse du burin.
On ignore, du reste, les noms des dessinateurs et des
graveurs des deux éditions, quoiqu'on ait beaucoup
dissené à ce propos.

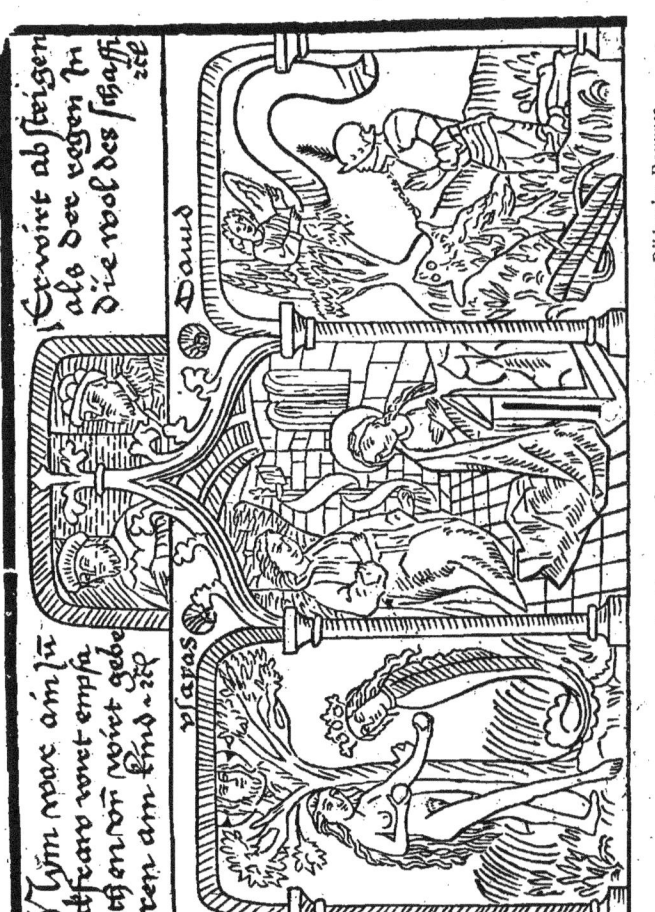

FIG. I. — FAC-SIMILÉ RÉDUIT D'UNE GRAVURE DE LA *Bible des Pauvres.*

(Première moitié du XVe siècle.)

Le *Songe de Poliphile* eut une influence considérable, en France et en Italie, non-seulement sur l'art de
décorer les livres d'illustrations, mais aussi sur les autres
branches de l'art. M. Eugène Piot porte à deux cents le
nombre des livres à figures publiés entre 1491 et 1520, où
il croit avoir reconnu la main de celui qu'il nomme le
Maître au Dauphin, et à qui il attribue le *Songe de
Poliphile.*

Antérieurement à l'apparition de cet ouvrage, la
France avait vu naître plusieurs publications qui attestent les progrès accomplis spontanément par les graveurs
de notre pays. La *Danse macabre* (Paris, 1485) et les
livres d'heures de A. Vérard, de Pigouchet, de Simon
Vostre (Paris, 1487-1540 et au delà) ne le cèdent en mérite artistique à aucun livre contemporain de l'étranger.

Dès les premières années du xvi⁰ siècle, les perfectionnements apportés à l'art d'imprimer donnent un essor
considérable à la gravure sur bois. Édifiés sur le parti
qu'on peut tirer de ce procédé, affranchi enfin des lisières
de l'enfance, les grands artistes de l'Allemagne lui appor-
tent le concours de leur talent, et aussitôt l'élèvent au
plus haut degré de perfection qu'il ait connu. Albert
Dürer peut être considéré comme le grand maître de la
gravure sur bois, on pourrait même dire le créateur,
car en lui faisant rendre tout ce qu'elle peut donner, il
imagina la plupart des ressources du métier.

A côté du maître de Nüremberg prennent place
Lucas de Leyde, Lucas Cranach, Erhard Schœn, Jost Am-
man, Hans Holbein, Burgmair, Schauffelein, Stimmer,
Goltzius, etc.

Heller croit qu'Albert Dürer ne se bornait pas à

FIG. 2. — LE MALADE SUR SON LIT DE MORT.

Gravure sur bois. (*Art de bien mourir*, 1496.)

dessiner sur bois les sujets livrés ensuite au couteau du graveur, mais qu'il découpait le contour des parties les plus délicates, telles que les têtes et les extrémités, et les *cernait au canif,* laissant aux tailleurs en bois le soin de creuser ce qu'il avait ainsi indiqué. M. Didot partage cette opinion [1], qui nous semble à nous aussi fort plausible, quoiqu'elle ne s'appuie sur aucun renseignement précis. Une chose bien certaine, c'est que la mission proprement dite du graveur sur bois consistait uniquement à évider la table de bois autour des traits du dessin; aucune partie du dessin n'était livrée à son interprétation; en un mot, ce qu'on réclamait de lui, c'était un travail de découpage propre et consciencieux. Le côté artistique de la gravure était dévolu à celui qui dessinait les tailles sur le bois; c'était bien souvent l'artiste même qui avait créé la composition du dessin, mais parfois la planche aurait pu porter trois signatures, comme cela se voit de nos jours : celle de l'auteur du dessin original, celle du dessinateur sur bois et celle du graveur. C'est ainsi que Hans Burgmair aurait reporté sur bois, si l'on en croit certains auteurs, quelques parties de la *Marche triomphale de Maximilien,* composée par Albert Dürer ; les planches portent au revers la marque des tailleurs de bois qui ont mis le dessin de Burgmair en relief.

S'il est douteux qu'Albert Dürer ait fait personnellement le métier de graveur, on sait par ses propres écrits que, le plus souvent, il dessinait lui-même sur bois ses compositions. D'après ce que l'on connaît, du reste, des exigences des corporations à l'époque où il vivait, il

1. *De la Gravure sur bois,* loc. cit.

FIG. 3. — GRAVURE TIRÉE DE *L'Ars moriendi*.

(XVᵉ siècle.)

est peu probable que celle des *Formschneider* (tailleurs en bois) lui eût permis de faire un travail dont elle avait le monopole. Quant à la nature du travail de ces artistes ouvriers, nous trouvons un renseignement précieux dans le livre *Artistes et Artisans* de Jost Amman, imprimé en 1568. Voici ce qu'il dit des *Formschneider* : « Je suis un bon graveur en bois, et je coupe si bien avec mon canif tout trait sur mes blocs que, quand ils sont imprimés sur une feuille de papier blanc, vous voyez clairement les propres formes que l'artiste a tracées ; son dessin, qu'il soit grossier ou qu'il soit fin, est *exactement copié trait pour trait.* »

Ainsi donc la marque placée au bas d'une gravure sur bois ne prouve pas que le travail proprement dit de la gravure ait été fait par l'artiste que cette marque désigne ; il faut y voir l'indication du maître qui a créé la composition et peut-être exécuté le dessin.

Cette marque d'ailleurs est, avant tout, une sorte de marque de fabrique, destinée à garantir la propriété de l'auteur contre les contrefaçons. On sait que Marc-Antoine lui-même ne dédaigna pas de reproduire certaines planches d'Albert Dürer avec le monogramme du maître : celui-ci dut se rendre à Venise pour réclamer auprès du doge contre le sans-gêne de son illustre confrère. A la même époque (1514), nous voyons Jean de Brescia s'opposer à la contrefaçon d'un dessin de l'*Histoire de Trajan* dont il est l'auteur ; il a, dit-il dans sa requête, « fait un dessin et l'a fait graver sur bois en son nom ».

En résumé, il ne faut pas voir dans une estampe sur bois l'œuvre d'un artiste unique : tout fait supposer

qu'elle est due le plus souvent à deux collaborateurs :
le dessinateur et le graveur; quelquefois même un troisième, et ce n'est pas le moindre des trois, a des droits
à faire valoir : c'est l'auteur de la composition originale
qui a été mise sur bois et gravée.

L'œuvre gravé sur bois d'Albert Dürer est considérable : il est rangé dans le livre de Bartsch sous cent-
soixante-dix numéros, dont quelques-uns se composant
de plus de cent planches. On sait le nom de l'artiste qui
a gravé la plupart des dessins du maître de Nüremberg;
c'est Hieronymus Resch, dont l'atelier, souvent visité
par l'empereur Maximilien, se trouvait à Augsbourg,
dans la Frauengasse.

Resch a gravé, entre autres ouvrages d'Albert Dürer,
l'*Arc triomphal de Maximilien,* dont les planches réu-
nies forment un tableau de 3ᵐ,5o de hauteur sur 3ᵐ de
largeur, et le *Char triomphal,* qui n'est pas moins considérable. La *Marche triomphale de l'empereur Maximilien* fut dessinée par A. Dürer et Burgmair sur des
planches de poirier que l'on conserve encore à la Bibliothèque impériale de Vienne. Cet ouvrage colossal, composé de cent trente-cinq grandes planches de 0ᵐ,37 de
hauteur sur une largeur qui varie entre 0ᵐ,36 et 0ᵐ,42,
forme un ensemble qui n'a pas moins de 54ᵐ de développement. Il a été exécuté de 1516 à 1519 par dix-sept
graveurs d'une grande habileté, dont les noms sont in-
scrits sur les blocs de bois, sous la direction de Peutinger.
Cet artiste a attaché son nom à la plupart des grandes
publications illustrées de cette époque : je me bornerai à
citer un chef-d'œuvre typographique, le *Livre d'heures
de Maximilien.*

FIG. 4. — FAC-SIMILÉ
D'UNE ESTAMPE DE LA « NEF DES FOUS »
Par Sébastien Brandt, 1497

FIG. 5. — FAC-SIMILÉ
D'UNE ESTAMPE DE LA « NEF DES FOUS »
Par Sébastien Brandt, 1497.

On doit également à l'habile direction de Peutinger des essais d'impression en couleur au moyen de la gravure sur bois : il n'en reste aucune épreuve, mais on sait qu'il s'agit d'une reproduction figurée de chevaliers *currissers*, imprimée sur parchemin en or et en argent. -

L'impression en camaïeu aurait donc été pratiquée en Allemagne dès 1505 : les épreuves connues de Dienecker, Lucas Cranach, Hans Baldung, etc., sont postérieures à cette date.

Voici, d'après M. Firmin Didot, la liste des graveurs sur bois les plus remarquables que l'Allemagne ait vus naître depuis l'origine de la gravure jusqu'à nos jours :

Michel Wolgemuth, 1431-1519. Œuvre principale : la *Chronique de Nüremberg*.

Hans Schauffelein, 1490-1539. Le *Thewrdannk*, histoire allégorique de l'empereur Maximilien.

Albert Dürer, 1471-1528. Les œuvres citées plus haut et l'*Apocalypse de saint Jean*, la *Vie de la Vierge*, la grande et la petite *Passion de Jésus-Christ* et nombre de planches isolées.

Hans Burgmair, 1475-1529. *L'arc triomphal*, dont nous avons parlé, et le *Weiss König*.

Jost Dienecker, 1480 — .? chef de l'atelier d'Augsbourg, d'où sont sortis tous les grands ouvrages exécutés pour l'empereur Maximilien.

Lucas Cranach, 1472-1553. La *Passion de Jésus-Christ, Hortulus animœ*.

Hans Baldung (dit GRUN ou GRIEN), 1475-1552. Planches isolées.

FIG. 6. — GRAVURE SUR BOIS DU *Songe de Poliphile* ITALIEN (1499).

Henri Aldegrever, 1501-1562. Planches isolées.

Albrecht Altdorfer, mort en 1538. Une petite *Passion*.

Hans Sebald Beham, 1500-1550, Quatre-vingts planches pour l'*Histoire de la Bible*.

Virgile Solis, 1514-1562. *Figures de la Bible, Métamorphoses d'Ovide*.

Jost Amman, 1539-1591. *Bibles*.

Erhard Schœn, mort en 1550. *Proportions du corps humain*, trente-neuf planches.

Unger, né en 1770, a publié un traité sur la gravure et un grand nombre de planches.

Gerbitz, professeur à Berlin en 1816.

L'Allemagne possède actuellement un grand nombre de graveurs sur bois d'un talent sérieux, et, parmi les plus distingués, MM. Hecht et Wittig qui ont gravé le *Faust* de Liezen Meyer, MM. A. Vogel, Unzelmann et Muller, les graveurs d'Adolphe Menzel; M. Th. Knesing, qui a très bien interprété certains tableaux de Louis Knaus.

Écoles hollandaise et flamande.

L'école hollandaise marche à côté de l'école allemande dans l'histoire de la gravure sur bois; les premiers essais ont été tentés dans l'une et l'autre école à peu près à la même époque, et toutes deux se recommandent de maîtres de premier ordre.

Ce qui caractérise l'école hollandaise de la première époque, c'est d'avoir joint aux qualités de sa rivale des qualités toutes personnelles : le sentiment est le même.

FIG. 7. — SAINTE VÉRONIQUE.

Par A. Dürer. — Héliogravure réduite d'après le bois
de Sotain.

mais il y a dans sa manière d'exprimer la forme une sincérité et une énergie remarquables, et elle y joint des

FIG. 8. — TRAVAIL DE LA RELIURE.

D'après une estampe de Jost Amman, dessinée en fac-similé
par M. Loiselet.

recherches de coloris qui distinguent ses estampes de
celles des Allemands.

Dès 1523, une *Passion* imprimée à Amsterdam montre dans les gravures sur bois qui l'accompagnent des effets de couleur d'un caractère tout nouveau ; l'artiste qui les a signées de son monogramme et que l'on croit se nommer Jean Walter van Assen, semble y avoir pressenti Rembrandt en inventant ce que l'on appelle l'*effet* : c'était un progrès considérable.

Lucas de Leyde, 1494-1533, n'a fait qu'une vingtaine de gravures sur bois ; l'importance de son œuvre en gravure sur cuivre est considérable.

Huber Goltz, 1524-1583, a gravé en camaïeu une série de portraits d'empereurs romains.

Henri Goltzius, 1558-1617 ; gravures en camaïeu.

Rembrandt, 1606-1665 ; du maître de l'eau-forte, une petite planche seulement sur bois (un portrait).

Christophe van Sichem, 1607 ; copies d'après Albert Dürer.

Christophe Jegher, 1620-1660 ; diverses planches d'après Rubens.

Le grand nombre d'ouvrages à figures sortis de la célèbre imprimerie Plantin atteste qu'il a dû exister à Anvers d'importants ateliers de graveurs sur bois.

École de Bâle et des bords du Rhin.

Un nom pourrait résumer cette école, celui d'Holbein ; il n'est que juste d'y joindre celui de l'imprimeur Froben, qui a édité tant d'ouvrages célèbres par leurs gravures. De l'œuvre immense de Holbein nous retiendrons trois chefs-d'œuvre hors de pair, l'honneur de la gravure sur bois :

L'*Alphabet de la mort*, gravé par Hans Lützelbürger; vingt-quatre lettres dans la dimension de 0ᵐ,024 carrés, gravés par le même.

FIG. 9. — LE PRÉDICATEUR, PAR HOLBEIN.

Gravure sur bois des *Simulachres de la Mort.*

Les *Simulachres de la mort*, quarante et un sujets : 1ʳᵉ édition avec texte, imprimée par Trechsel à Lyon, en 1538. Des tirages sans texte en avaient été faits antérieurement par Froben, à Bâle. Les gravures ont 0ᵐ,065 de hauteur sur 0ᵐ,050 de largeur. Les dessins originaux son' plus grands de quelques centimètres; ils

sont exécutés à la plume et légèrement rehaussés de
bistre.

Les *figures de la Bible ;* quatre-vingt-douze petits
sujets, édités à la même époque et chez le même imprimeur que les *Simulachres*.

FIG. 10. — LA VIERGE AU CROISSANT.
Gravure sur bois, d'après une estampe d'Albert Dürer.

Les gravures de ces trois magnifiques séries sont
d'une finesse de burin et d'une précision incomparables,
à ce point qu'on les a crues gravées en relief sur cuivre
et non sur bois. Cette supposition est inadmissible, au
moins en ce qui concerne les *Simulachres* et les figures
de la Bible, puisque l'on possède encore quelques-unes

des planches originales : elles sont en bois de poirier. La gravure suit les contours du dessin, avec indication sommaire de quelques ombres ; les tailles croisées y sont rares.

Les excellentes reproductions que nous publions nous dispensent d'insister sur le mérite exceptionnel des planches de Holbein.

L'école suisse et des bords du Rhin peut encore revendiquer un certain nombre de graveurs de talent :

Celui qui a signé Fo les planches de l'Histoire des animaux de Conrad Gessner (15o1-5), Tobias Stimmer; 1534-159o. Rubens faisait grand cas de ses gravures.

Urse Graff (15o8).

Pilgrim, connu sous le nom de Maître aux bâtons croisés, passe pour avoir inventé la gravure en *camaïeu;* il vivait au commencement du xvie siècle.

École d'Italie.

La gravure sur bois manifesta son existence en Italie dès 1467, dans un livre de *Meditationes* imprimé à Rome, mais elle n'y prit pas, sauf à Venise, un développement aussi considérable que dans les autres pays. Cependant l'Italie peut s'enorgueillir d'avoir produit des livres à figures vraiment remarquables au point de vue de l'art : l'*Hypnerotomachie* ou *Songe de Poliphile,* dont nous avons parlé plus haut, publié par Alde, à Venise, en 1499, et beaucoup d'autres parus antérieurement dont nous ne pouvons nous occuper ici.

Jusqu'à la seconde moitié du xvie siècle, la gravure

FIG. II. — RÉDUCTION PAR L'HÉLIOGRAVURE
d'une estampe italienne du xve siècle.

sur bois avait été exclusivement réservée à l'illustration des livres de religion, de philosophie, d'histoire et de littérature. A cette époque, les ouvrages de science proprement dite entrent en scène. Parmi les premiers parus,

FIG. 12. — ARION.

Fac-similé d'une gravure sur bois de l'*Anatomie*, d'André Vésale.

Dessins de Jean de Calcar (1535).

il y a un chef-d'œuvre : l'*Anatomie*, d'André Vésale, publiée pour la première fois à Venise, en 1835, puis à Bâle, par l'imprimeur Oporin, en 1543. Les dessins originaux sont de Jean de Calcar, élève du Titien ; ils ont été gravés dans une dimension un peu moindre, sous la direction de Vésale, par un graveur inconnu de Venise; diverses contrefaçons de ces gravures ont été faites à Strasbourg, à Augsbourg et à Paris, du vivant même de l'auteur. Il a paru, du reste, un grand nombre d'éditions de cet ouvrage; une des plus belles est celle de Charles Estienne, à Paris.

Les Italiens s'approprièrent rapidement les procédés de gravure en camaïeu usités en Allemagne, et les portèrent à un haut degré de perfectionnement. Un chapitre spécial est consacré plus loin à ce genre de gravure.

On compte parmi les meilleurs graveurs sur bois de l'Italie :

Marc-Antoine Raimondi, 1488-1546; quelques planches seulement. Les contrefaçons qu'Albert Dürer lui reprochait si justement ont été exécutées sur cuivre, comme presque toutes les œuvres qui ont fait la célébrité du graveur de Raphaël.

Benedetto Montagna. On lui attribue, sans motif sérieux, les planches de l'*Hypnerotomachie.*

Cesare Vecellio, 1550-1606, a dessiné et fait graver par l'Allemand Christophe Guerra les quatre cent vingt figures sur bois qui ornent son ouvrage des *Habiti antiche e moderni,* et dont une réimpression a été faite par la librairie Firmin-Didot.

Dans le chapitre consacré à la gravure en camaïeu, nous aurons à citer les noms des artistes italiens qui ont excellé dans la pratique de ce procédé.

École française.

La gravure sur bois a été surtout considérée en France, dès qu'elle y fut connue, comme un auxiliaire de l'imprimerie ; les deux innovations tendant à supplanter à la fois les manuscrits et les miniatures dont ceux-ci étaient décorés. On ne connaît presque aucune gravure sur bois qui ait été faite dans le but de produire une estampe isolée, comme cela s'est pratiqué si souvent en Allemagne et en Italie ; mais, par contre, on estime que le nombre des livres illustrés imprimés dans notre pays est cent fois plus considérable que celui des livres à figures italiens. On sait, du reste, que nos livres d'*Heures* étaient autrefois répandus dans le monde entier, et qu'ils héritèrent de la faveur qui s'attachait à nos manuscrits enluminés dans les siècles précédents.

FIG. 13. — JOB, GRAVURE ATTRIBUÉE A JEAN COUSIN (1549).

La gravure sur bois, dans le principe, imita du mieux qu'elle put l'art des miniaturistes et ne servit même qu'à fournir à ceux-ci des contours qu'ils remplissaient de

FIG. 14. — ENTRÉE DE HENRI II A PARIS.
Estampe de G. Tory (1549), réduction héliographique.

teintes au blanc d'œuf et à la gouache. Les premiers

livres d'Heures furent imprimés sur vélin, pour faciliter la tâche du peintre, et aussi peut-être pour donner satisfaction aux amateurs de manuscrits en rendant la ressemblance plus complète.

Quant au style de ces gravures primitives, il est à la fois naïf et héroïque dans sa roideur byzantine, avec une pointe de ce réalisme qui apparaît déjà dans les miniatures du xiiie siècle. Le caractère français y ajoute sa note gouailleuse.

Dans les encadrements de presque tous les livres d'Heures figure, de préférence à tout autre sujet, la *Danse des morts* ou *Macabre*. Ce thème lugubre, que le farouche catholicisme du moyen âge léguait aux temps modernes, fournit aux artistes de la fin du xve siècle des variations joyeuses ; sans que l'art y perde rien, bien au contraire, l'oratorio tourne à l'opérette en passant par les mains d'Albert Dürer, de Holbein, de Burgmair, de Hans Baldung Grien. Chez nous, la terrible *comare* devient presque une aimable commère. L'esprit français a hâte de se débarrasser du pénible cauchemar qui avait pesé sur lui pendant plusieurs siècles.

Les noms de nos premiers graveurs sont aussi profondément ignorés que ceux des miniaturistes qui les ont précédés; tout ce que l'on peut dire d'eux, c'est qu'ils acquirent rapidement une grande habileté de métier.

Quant aux éditeurs de livres à figures, ils forment à Paris, à Lyon et dans plusieurs villes de France, toute une légion où l'on retrouve sans peine de dignes émules des grands libraires d'Allemagne et d'Italie. Il nous suffit de rappeler, sans ordre chronologique, ces noms chers aux bibliophiles: Pigouchet, Simon Vostre, Gilles

Hardouin, Michel le Noir, Antoine Vérard, Guil-
laume Le Rouge, Guyot Marchand, Simon de Colines,
Janot, Geofroy Tory, Jean Dupré, Trechsel, Macé Bonhomme, les de Tournes, etc., etc.

L'imprimerie en caractères mobiles fut introduite
à Paris en 1469,
par Ulrich Ge-
ring. Les plus an-
ciens livres fran-
çais imprimés en
France sont la
Légende dorée,
imprimée à Lyon
en 1476, et les
*Chroniques de
saint Denys*, qui
parurent à Paris
neuf mois plus
tard. De tous les
ouvrages en lan-
gue française, le
plus ancien est le
*Recueil des his-
toires de Troyes*, imprimé à Cologne vers 1467. Ces

FIG. 15. — FRANÇOIS Iᵉʳ.
Gravure sur bois du XVIᵉ siècle.

livres sont sans gravures : *l'Art au morier*, qui contient
onze planches sur bois, est certainement plus ancien de
quelques années. Quant au premier livre à figures sorti
des presses françaises, avec date certaine, c'est le *Miroir
de la Rédemption* (1478, Lyon, Mathieu Husz).

Nous avons dit que l'on manquait de renseignements
précis pour établir la part de chacun des artistes qui ont

FIG. 16. — PREMIÈRE PARTIE DU TRIOMPHE DE L'AMOUR.

(Bois du *Songe de Poliphile*, Édition française.)

FIG. 17. — DEUXIÈME PARTIE DU TRIOMPHE DE L'AMOUR.

(Bois du *Songe de Poliphile*. Édition française.)

concouru à l'illustration des premiers livres à figures.
Dessinateurs et graveurs semblent avoir abdiqué entre
les mains de l'imprimeur, qui parfois, du reste, résu-
mait en lui cette trinité artistique; tel fut Geofroy Tory,
pour ne citer que l'exemple le plus illustre.

Geofroy Tory, 1485-1554, fut à la fois dessinateur,
graveur, peintre, écrivain et imprimeur-libraire. C'était
une de ces vastes intelligences comme la Renaissance
en a enfanté, qui embrassent avec supériorité toutes les
connaissances humaines. Son premier livre d'Heures,
entouré d'encadrements remarquables, parut en 1525.

Mercure Jollat (première moitié du xvie siècle) est
considéré par M. Didot comme le graveur des compositions et encadrements de la plupart des livres d'Heures
de Vérard, de Pigouchet, de Simon Vostre, etc.

Jean Cousin, 1501-1589. M. Renouvier attribue à ce
grand artiste la gravure d'un grand nombre de planches
sur bois. En tout cas, il n'existe pas à son sujet le même
doute que pour Geofroy Tory; la chalcographie du
Louvre possède une planche représentant l'*Ensevelisse-
ment du Christ*, signée du nom de Jean Cousin; il est
permis de supposer qu'il a fait plusieurs fois le métier
de graveur. On sait, d'autre part, par un avis préli-
minaire imprimé en tête du *Livre de perspective* de Jehan
Cousin, que les dessins sur bois de cet ouvrage ont été
faits par l'illustre artiste.

Jean Goujon, mort en 1542, passe pour avoir gravé
sur bois, mais la preuve n'est pas faite.

Pierre Woeiriot, 1532-1599. Ce graveur célèbre s'est
rarement exercé sur le bois, mais ses travaux dans ce
genre sont d'une finesse achevée.

Philibert Delorme, 1518-1570, le grand architecte, a certainement dessiné sur bois les planches de son livre sur l'*Architecture,* mais il ne paraît pas qu'il les ait lui-même gravées.

Bernard Salomon, dit le Petit Bernard, 1520-1570, un des plus féconds et des plus brillants illustrateurs que la France ait produits.

Jean Moni et Hugues Sambin, rivaux souvent heureux du précédent, et comme lui ayant collaboré aux célèbres éditions lyonnaises du xviᵉ siècle.

Jean Tortorel et Jacques Périssin (première moitié du xviᵉ siècle). Un ouvrage fort intéressant sous le rapport de l'histoire, des costumes et des mœurs de leur époque a été dessiné et gravé en partie par eux en 1570.

Olivier Codoré, graveur en pierres fines de Henri IV, est l'auteur des planches de la *Joyeuse et triomphante entrée de Charles IX,* publiée en 1572.

On a prétendu à tort que la reine Marie de Médicis avait gravé un portrait de jeune fille. Ce portrait, d'un beau caractère, est le sien, mais il n'a pas été fait par elle.

Jean Leclerc (fin du xviᵉ siècle). On lui attribue nombre d'excellentes gravures.

Jean Papillon, le plus connu d'une famille de graveurs, a fait un *Traité historique et pratique de la gravure sur bois* (Paris, Simon, 1766, 3 tomes en 2 vol. in-8º); mais ses efforts n'ont pu empêcher la décadence d'un art qu'il a mieux célébré par ses écrits que par ses œuvres mêmes de gravure.

École anglaise.

Renaissance de la gravure sur bois.

Au XVIIIe siècle, les livres à figures sont illustrés au moyen de la taille douce. Seule, l'Angleterre qui jusqu'alors était restée constamment en infériorité par rapport aux autres nations, reconnut toute l'utilité de la gravure sur bois et crut de son devoir d'en encourager la pratique. En 1771, la Société des Arts de Londres proposa un prix pour la meilleure gravure exécutée sur bois : ce fut Thomas Bewick qui l'obtint. C'est lui qui a gravé le premier sur bois *debout*, en substituant pour toutes ses gravures le buis au poirier. Nous nous expliquerons plus loin sur ces innovations.

A la fin du siècle dernier, la Prusse peut encore revendiquer un graveur de grand talent, Gubitz.

Vers 1805, la France sentit la nécessité d'appeler l'attention des artistes et du public sur les moyens de relever un art qui avait jeté un si vif éclat dans les productions de la librairie. La Société d'encouragement pour l'industrie nationale proposa, en 1805, un prix de 2,000 francs à celui qui produirait la meilleure gravure sur bois. Un seul artiste se présenta au concours, et cinq ans plus tard on en était encore réduit à récompenser de ce prix un graveur en relief, sur pierre, M. Duplat.

A cette même époque, l'Angleterre produisait un grand nombre de livres illustrés de charmantes vignettes gravées sur bois par MM. Nesbit, Branston, Wright

et Thompson. Ce dernier, encouragé par la maison
Firmin-Didot, vint à Paris et y fonda une école de
gravure qui compte au
nombre de ses meil-
leurs élèves MM. Bré-
vière, Best et Porrat.

Enfin, la fondation
du *Magasin pittores-
que* par M. Édouard
Charton, en 1833, et
celle de l'*Illustration*
qui suivit de près, heu-
reuses tentatives imi-
tées de l'Angleterre,
donnèrent un vif essor à
la gravure sur bois, que
la librairie proprement
dite ne se décidait pas
encore à adopter.

Nous n'avons pas
besoin de dire ce qu'est
aujourd'hui l'art dont
nous nous occupons :
la France, et avec elle
presque toutes les na-
tions civilisées, em-
ploient des légions de

FIG. 17. — FAC-SIMILÉ
D'UNE ESTAMPE DU XVIᵉ SIÈCLE.
Gravure sur bois.

graveurs sur bois qui peuvent à peine suffire aux besoins
des publications périodiques et des livres illustrés. Il est
telle de ces publications qui s'imprime à plus de cinq
cent mille exemplaires.

Cette prodigieuse extension de la gravure sur bois n'aurait pas pu se produire sans les progrès correspondants accomplis dans la fabrication du papier, et surtout dans les procédés du tirage typographique des vignettes. L'invention, ou plutôt l'application perfectionnée de la *mise en train* des bois, l'amélioration considérable apportée dans le système des presses typographiques, qui opèrent maintenant avec autant de délicatesse que de célérité, ont permis de multiplier à bas prix de bonnes épreuves de gravures qui se recommandent d'elles-mêmes par la richesse et la variété du coloris.

Nous n'examinerons pas ici si l'art de la gravure a progressé autant que le métier du graveur : il en est de cet art comme des autres; l'encombrement ne doit pas nous empêcher de distinguer les hommes de talent au milieu de la cohue des artisans graveurs. Pour peu qu'on veuille séparer le bon grain de l'ivraie, on est forcé de reconnaître que nous vivons à une époque d'abondance et que la qualité n'est pas inférieure à celle d'autrefois.

Nous jugeons inutile d'énumérer ici les noms recommandables des graveurs contemporains; cette nomenclature n'apprendrait rien à personne, et quelque longue que fût notre liste, nous risquerions d'oublier certains artistes, au mépris de droits bien acquis par la force du talent.

LES PROCÉDÉS DE LA GRAVURE SUR BOIS.

Nous empruntons au livre de M. A. Firmin-Didot, déjà cité, l'exposition sommaire des procédés de la gravure sur bois, en la complétant d'une analyse des applications nouvelles.

FIG. 18. — BUSTE DE VIEUX GUERRIER.

Gravure du XVIᵉ siècle, dans le goût de Léonard de Vinci. — Héliogravure
d'après le bois de Sotain.

« Sous le rapport de l'histoire de l'art, les gravures sur bois offrent d'autant plus d'intérêt que jusqu'à la fin du XVIIIe siècle elles nous reproduisent, dans la plupart des cas, le dessin propre du maître, qu'il traçait sur le bois en y figurant chacun des traits que le tailleur d'images, artiste souvent d'un vrai talent, devait se borner à suivre exactement. C'est cette différence de rôles qui explique pourquoi le nom des graveurs sur bois est généralement si peu connu, tandis que celui de l'auteur des compositions est resté attaché et comme inhérent à l'œuvre, bien qu'il y figure rarement.

« Cette reproduction, but unique du graveur, était donc un véritable *fac-similé* du dessin du maître; elle eût été le dessin même si le graveur avait su s'y conformer fidèlement, et si les procédés encore imparfaits de l'impression avaient permis de bien reproduire au tirage l'empreinte de la gravure.

« C'est ainsi que j'ai vu au musée de Bâle un grand nombre de blocs en bois de poirier, dessinés à la plume par le célèbre Brandt pour une édition projetée de Térence, dont une partie, déjà gravée sur bois de fil de poirier, montrait la part respective du dessinateur et du graveur.

« C'était, en effet, sur bois de poirier, dont la fibre est moins serrée que n'est celle du buis, et sur *bois de fil,* c'est-à-dire dans le sens longitudinal, que la gravure était exécutée, tandis que maintenant c'est sur le buis coupé dans l'autre sens, c'est-à-dire sur bois *debout* qu'elle s'opère. Ces deux procédés offrent dans leur application de notables différences.

« Sur le poirier de fil la gravure s'opérait au moyen de

pointes tranchantes ayant les unes la forme de lancettes,
d'autres celle d'un canif dont le graveur se servait pour
cerner les deux côtés du trait, en lui conservant l'épaisseur indiquée par le tracé même sur le bois; puis il fai-

FIG. 19. — UNE BOUTIQUE DE CORDONNIER.
Gravure sur bois du *Décameron*. Venise, 1492.

sait sauter, en la piquant avec une pointe appropriée à
cet effet, la partie cernée en petit copeau, afin que le
trait ainsi dégagé restât en relief, sauf à creuser plus profondément et à enlever avec la gouge les parties de bois
concaves assez éloignées des reliefs pour être exposées
à marquer sur le papier si elles n'étaient pas suffisamment évidées.

« Il fallait déployer une grande dextérité, surtout

dans les tailles croisées, pour cerner et découper, c'est-à-dire pour la *coupe* et la *recoupe*. Dans ce cas, il fallait cerner les parties à leurs quatre faces sans entamer la croisure des tailles, appelée la *croisée*, puis enlever les éclats d'une extrême ténuité, circonscrits par la pointe, avec netteté et à la profondeur requise.

« Ces travaux minutieux exigeaient un temps considérable, et la gravure sur bois de poirier, où l'artiste rencontrait souvent la fibre du bois, qui la faisait dévier en l'exposant à égrener la taille, offrait une difficulté qui ne pouvait être surmontée que par une grande adresse, une extrême attention et une perte de temps très importante. »

Aujourd'hui que l'on grave sur le bois debout et que le buis offre une surface plus compacte et plus dure que le poirier, le graveur opère avec des *échoppes-burin*, en creusant comme il le ferait s'il gravait en taille douce sur le métal, mais avec cette différence qu'on opère à l'inverse, puisqu'il faut laisser en relief les parties qui dans la taille douce doivent être en creux.

Cette gravure sur bois debout permet donc d'obtenir plus de précision, attendu que la substance de ce bois est plus homogène et ne présente pas à l'outil les temps d'arrêt qu'il rencontrait sur le bois de fil de poirier, et, bien qu'il ait presque la dureté du métal, il n'a pas l'inconvénient de la *rebarbe,* inhérent à toute taille opérée sur un métal quelconque.

En gravant sur buis et bois debout, on atteint une plus grande promptitude d'exécution, que l'on peut estimer de huit à neuf fois supérieure à celle de la gravure sur poirier et bois de fil. On peut juger par cet exposé du

temps et de la patience qu'ont dû demander les livres à
gravures sur bois de fil exécutés en si grand nombre,
au XVIᵉ siècle, à Nüremberg, à Francfort, à Bâle, à Paris,

FIG. 20. — FAC-SIMILÉ DU *Térence* DE 1496.
Gravure sur bois.

à Lyon. Songez que beaucoup d'entre eux ne contiennent pas moins de deux, trois et même quatre cents
compositions.

Bien qu'il fallût au *tailleur d'images* ou *d'hystoires*
un véritable talent d'exécution et le sentiment de l'art
pour ne pas estropier le trait du maître, cependant il
n'était pas astreint comme à présent à relever le métier

4

en quelque sorte matériel de la coupe du bois par le mérite de l'interprétation. En se bornant à indiquer sur le bois, soit au lavis, soit à l'estompe, l'ensemble de la composition, la plupart des dessinateurs imposent au graveur d'aujourd'hui une tâche fort importante. C'est à lui de disposer et de combiner ses tailles pour rendre l'effet voulu par l'artiste. Cet arrangement, cette combinaison, appelée l'*enveloppage des tailles,* est une des parties les plus difficiles de l'art : il faut, en un mot, que le graveur fasse lui-même le *dessin de sa gravure,* c'est-à-dire qu'il ait le sentiment de la direction la meilleure à donner aux tailles pour qu'elles traduisent au mieux la forme et le coloris du dessin.

Comme, en outre, les perfectionnements résultant de ce changement de procédés, ainsi que les améliorations dans les moyens de tirage et dans la fabrication des papiers, ont permis de nos jours à la gravure sur bois d'aborder des effets qui appartenaient à la taille douce et à l'eau-forte, il est de la plus haute importance que les graveurs sur bois soient savants dans l'art du dessin, pour ne pas travestir la pensée de l'artiste.

L'habileté de nos graveurs est souvent mise à une rude épreuve : non seulement ils ont à interpréter des dessins où les contours sont noyés dans l'effet général, obtenu à grand renfort de lavis, de reprises à la plume et à la gouache, celle-ci formant des empâtements qui parfois se détachent en larges écailles au contact du burin, mais on tend aujourd'hui à supprimer tout à fait le dessin. On se borne à photographier sur le bois lui-même le tableau ou l'objet à reproduire, et le graveur se tire comme il peut de la difficile besogne de mettre

FIG. 21. — L'ATELIER D'UN ORFÈVRE.

Gravure sur bois, d'après une estampe d'Étienne Delaulne.

en relief une photographie terne et indécise, où le dessin est partout et nulle part. Force lui est de se contenter d'une gravure superficielle où sa personnalité disparaît complétement : au moyen de tailles parallèles et continues d'un bout à l'autre du bois, et qu'il varie d'épaisseur suivant l'intensité de la coloration qui se présente sous son outil, il figure une sorte de champ gradué qui donne l'illusion de l'image photographiée. Quelle que soit la dextérité de MM. Pannemaker et de leurs élèves, pour citer les plus habiles, ce genre de gravure ne saurait inspirer d'autre sentiment que celui de la curiosité, car il rappelle trop les travaux effectués à la mécanique.

Les Américains ont, il est vrai, porté les travaux mécaniques au dernier degré de la perfection : nous croyons cependant que l'abandon du travail manuel dans des ouvrages qui relèvent de l'art ne saurait être considéré comme un progrès accompli.

Avant de terminer, nous indiquerons en passant un procédé original pour mettre un dessin en relief sur bois. On s'en sert beaucoup dans l'industrie de l'impression sur tissus et des papiers peints, où il sert à graver les énormes planches qu'on y emploie. C'est le procédé à *bois brûlé,* inventé par M. M. Heilmann : le burin, maintenu incandescent par deux becs de gaz convergeant vers sa pointe, creuse le bois avec une grande netteté. Pour la gravure d'estampes on obtiendrait le même résultat en se servant d'un burin rougi au moyen de la pile électrique.

FIG. 22. — LE CHAR DE DIANE.

Gravure sur bois de Gabriel Siméon.

GRAVURE EN CAMAIEU

Cette désignation vient du mot camée. On appelle *camée* une pierre fine gravée en relief, qui présente plusieurs couches superposées et des teintes différentes.

La gravure en camaïeu a été inventée en Allemagne. L'œuvre de Lucas Cranach et de Baldung renferme des estampes en camaïeu antérieures de près de dix ans à celles d'Ugo da Carpi qui, en 1516, revendiquait cette invention devant le sénat de Venise.

Dès l'origine de l'imprimerie, Pierre Schœffer avait imité, au moyen d'impressions à deux couleurs, l'enluminure des initiales des manuscrits; mais son procédé mécanique, qui consistait à emboîter dans une planche gravée dont la surface était enduite de couleur, une autre gravure découpée qu'on y insérait après l'avoir enduite d'une autre couleur, afin de pouvoir imprimer le tout d'un seul coup, différait entièrement du procédé

appliqué aux camaïeux, vers 1509, par les artistes graveurs, et inventé par eux pour nuancer les teintes et imiter les dessins coloriés, ou simplement lavés au bistre.
Ceux-ci, en effet, *gravaient* les planches destinées à recevoir les couleurs pour ménager des lumières et produire
des dégradations de tons.

Les effets obtenus par ces procédés furent, dès l'origine, tellement remarquables qu'on put vendre comme
dessins originaux des maîtres les épreuves de certaines
gravures en camaïeu.

Les camaïeux d'Allemagne et de Flandre sont presque
tous à deux teintes seulement : le dessin est imprimé en
noir sur fond bistre, orangé ou verdâtre ; les maîtres à
qui on doit les plus remarquables de ces ouvrages sont :
Albert Dürer, Baldung Grien, Bloemaert, Burgmair,
Cranach, Goltzius, Zegher, Pilgrim, etc.

L'impression en camaïeu était quelquefois une impression mixte : en taille douce d'abord, le dessin ayant
été gravé en creux sur cuivre, puis typographique pour
les planches de couleur qui étaient xylographiques.

Nicolas Lesueur, en France ; Bloemaert, en Hol-
lande ; Kirkall et Jackson, en Angleterre, ont employé
de préférence ce mélange de gravures et d'impressions.

Très perfectionné quant aux procédés, ce système
a permis de nos jours à d'ingénieux imprimeurs français
et anglais d'exécuter des impressions qui imitent l'aquarelle et la peinture à l'huile : le papier ou la toile passent
jusqu'à dix fois sous la presse.

Sur la première planche, on grave le trait, les contours de l'image, puis on en fait un nombre d'épreuves
à report suffisant pour que ce calque puisse être trans-

FIG. 23. — PYGMÉES COMBATTANT.

D'après une gravure de *Pittore Ercolano*. — Gravure en fac-similé sur bois.

porté sur chacune des planches de couleur. Le graveur les entaille successivement, après avoir dessiné sur chacune d'elles la place qui doit être gravée pour donner au tirage le ton correspondant à cette planche.

Grâce au moulage et à la galvanoplastie, qui multiplient à l'infini les clichés, il est facile encore, si l'on veut se servir d'une gravure unique, de supprimer sur chacun des clichés les parties gravées qui ne doivent pas prendre l'encre de telle ou telle couleur; celles qui sont conservées impriment seules la coloration voulue.

Quel que soit le procédé employé, la superposition et la juxtaposition des tons donnent, une fois tous les tirages effectués, une imitation assez faible de l'original, mais qui atteint en général le but peu élevé qu'on se propose.

Ces procédés ressemblent par certains points à ceux de la lithochromie, que nous étudierons plus loin.

Revenons aux camaïeux proprement dits; nous dirons que les plus beaux nous sont venus d'Italie, et nous citerons quelques-uns des artistes les plus remarquables en ce genre.

Ugo da Carpi, mort vers 1520.

Andrea Andreani, 1540-1625. A gravé notamment le *Triomphe de César*, dessiné par André Mantegna.

Joannes Gallus, avec des dessins de Marco de Sienne.

Antonio Fantuzzi, d'après le Parmesan.

N. Boldrini, 1525, d'après Titien.

Le comte Zanetti, 1680-1766, d'après le Parmesan.

L'impression de plusieurs couleurs sur une même feuille de papier peut être faite également et avec une perfection supérieure quelquefois sur des planches gra-

FIG. 24. — SYSTÈME POUR PORTRAIRE, PAR A. DURER.

Héliogravure réduite de l'estampe sur bois.

vées en creux. Voir à ce sujet le chapitre que nous con-

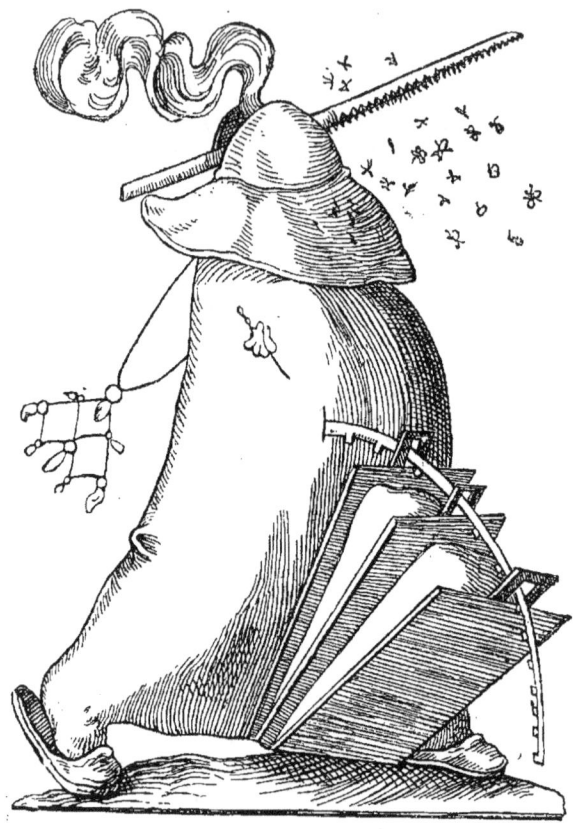

FIG. 25. — FAC-SIMILÉ D'UNE ESTAMPE DES *Songes drôlatiques.*
Dessin attribué à Rabelais.

sacrons plus loin à la *gravure en couleur :* nous examinerons dans ce même chapitre les livres imprimés

typographiquement, de nos jours, par les Anglais, qui

FIG. 26. — FAC-SIMILÉ D'UNE PLANCHE DES *Songes drôlatiques*.
Dessin attribué à Rabelais.

ont porté à un rare degré de perfection cet aimable procédé de l'illustration en couleur.

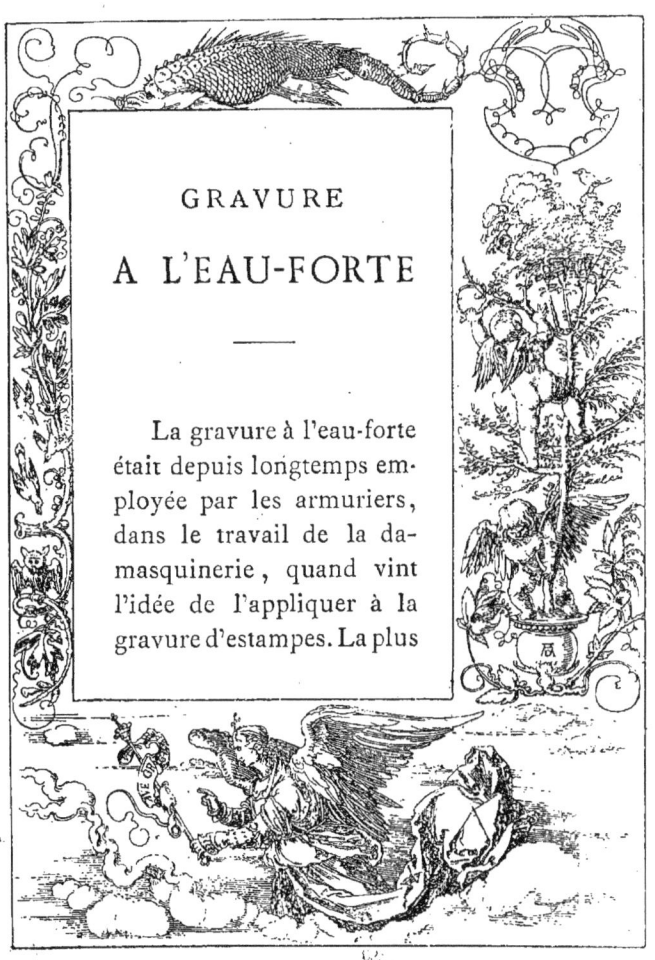

GRAVURE

A L'EAU-FORTE

La gravure à l'eau-forte
était depuis longtemps employée par les armuriers,
dans le travail de la da-
masquinerie, quand vint
l'idée de l'appliquer à la
gravure d'estampes. La plus

FIG. 27. — ENCADREMENT RÉDUIT D'ALBERT DURER

Pour les Heures de Maximilien

ancienne eau-forte que l'on connaisse est peut-être le *Saint Jérôme* d'Albert Dürer, mais il ne m'appartient pas d'examiner si la date de 1512 qu'elle porte est bien la plus ancienne que l'on puisse invoquer : je n'ai à m'occuper ni des origines ni de l'esthétique de ce genre de gravure. L'examen de cette double question revient de droit à l'éminent directeur du cabinet des estampes, M. le vicomte Delaborde, qui, nous le répétons, enrichit cette bibliothèque d'un volume sur l'histoire de la gravure.

Avant d'aborder le sujet qui m'appartient en propre, c'est-à-dire l'analyse des procédés de la gravure, je me bornerai donc à ce rappel d'un document précis, en quelque sorte l'acte de naissance de l'eau-forte, et j'y joindrai les noms des artistes les plus remarquables qui ont illustré cet art par leurs œuvres.

Ce sont, parmi les anciens, Rembrandt, Claude Lorrain, Van Dyck, Guido Reni, le Parmesan, Paul Potter, A. Cuyp, K. Dujardin, Berghem, Ostade, Callot, Barlow, Hollar, Watteau, Boucher, Fragonard, Tiepolo, Canaletti, Piranèse, Goya, etc., tous peintres-graveurs ; puis A. Bosse, Bolswert, Pontius, Worstermann, Morin, Audran etc., graveurs de profession, maîtres du burin et de l'eau-forte.

Quant aux contemporains, le nombre des bons graveurs est si considérable que je dois me borner à citer ceux dont les ouvrages sont recherchés pour le charme seul et l'originalité de leur manière d'aquafortistes : Ch. Jacque et Daubigny, peintres-graveurs passés maîtres *in utroque*, Jules Jacquemart, Bracquemond, Méryon. Flameng, Seymour-Haden, Edwin Edwards, Tissot,

Legros, Waltner, Rajon, Lalanne, Rops, Le Rat, Gilbert, etc., etc.

Le dieu de l'art, il est à peine besoin de le nommer, c'est Rembrandt; quoiqu'il n'ait pas inventé l'eau-forte, on peut avancer qu'il l'a créée de toutes pièces; s'il n'a pas dit le premier mot, le dernier lui appartient.

La gravure à l'eau-forte est l'art de fixer un dessin sur le métal par la morsure d'un acide. Elle permet au peintre qui l'emploie de multiplier à l'infini les épreuves d'un travail original. Comme l'a fort bien dit M. Maxime Lalanne, il est à la fois le traducteur et le poète[1].

Quant à l'artiste graveur qui se borne à transcrire les œuvres des autres, il peut, au moyen de ce procédé, créer l'estampe la plus complète qui se puisse voir. Le cuivre se prête à tout; il peut

FIG. 28.

SAINT SÉBASTIEN.

Réduction d'une estampe de Jacopo de Barbarj.

rendre toutes les finesses du dessin le plus délicat, et sa palette est d'une richesse de coloration qui ne connaît

1. *Traité de la Gravure à l'eau-forte,* texte et planches par Maxime Lalanne. 1 vol. in-8° de 106 pages, chez Quantin, 7, rue Saint-Benoît, Paris.

pas de limites. On a voulu lui interdire la traduction des œuvres de style; c'est là, croyons-nous, une prétention injustifiable. Le style n'est pas sous la dépendance de tel ou tel système de facture; il naît sous les doigts de l'artiste qui a le talent de l'évoquer, quel que soit l'outil dont il se sert. Nous trouvons irrationnel d'affirmer l'incapacité du procédé qui précisément oppose le moins d'obstacles matériels à la pensée et à la main de l'artiste.

Procédés.

Le cuivre sur lequel on opère a quelques millimètres d'épaisseur : le planeur le livre tout prêt à recevoir le vernis, en planches de dimensions variées, terminées en biseau sur les quatre côtés.

Pour vernir, on saisit la planche avec un étau muni d'une poignée en bois et on l'expose du côté de l'envers au-dessus de la flamme d'un réchaud. Dès qu'elle est suffisamment échauffée pour fondre le vernis, on promène sur la face polie du cuivre une boule de vernis ordinaire enveloppée dans une poche de soie et, au moyen d'un tampon également recouvert de soie, on étale le vernis jusqu'à ce qu'il forme une couche bien égale. Puis, la planche étant refroidie, on enfume la couche de vernis en la présentant au-dessus d'un flambeau ou d'une mèche de cire allumée, jusqu'à ce qu'on ait obtenu sur toute la surface un noir brillant. Cette teinte deviendra terne par le refroidissement, mais elle sera suffisante pour permettre de distinguer nettement le dessin que la pointe va y tracer, et qui apparaîtra rouge sur fond noir, c'est-à-dire de la couleur du cuivre mis à nu par elle.

Avant de com-
mencer à dessiner, il
est nécessaire d'adou-
cir la lumière au
moyen d'un transpa-
rent de papier végé-
tal soutenu par un
châssis de bois; on
atténuera ainsi le
rayonnement du cui-
vre, qui gênerait con-
sidérablement la vue
pendant le travail.

La pointe est une
sorte d'aiguille mé-
tallique, de dimen-
sions variées, fixée
dans un manche de
bois : on la tient
comme un porte-
plume et le plus
perpendiculairement
qu'il est possible,
pour que le trait soit
pur et égal et qu'il
mette le cuivre à nu
dans tout son par-

FIG. 29. — SAINT LONGIN.

D'après une estampe d'Andrea Mantegna.

cours. Il est important que la pointe soit bien aiguisée sans être trop pointue, car si elle rayait le cuivre, la

5

morsure agirait trop vivement dans les parties entamées et détruirait l'unité du travail ; il est vrai que cette légère entaille de cuivre permet de modeler le trait lui-même, et certains artistes savent en tirer le meilleur parti.

On fait sur le vernis un calque du dessin à graver, comme on le ferait sur papier ou sur toile, c'est-à-dire avec une feuille de sanguine qui donne le tracé en rouge.

La pointe dessine sur le vernis avec autant de facilité que le crayon sur le papier ; il faut savoir que, en général, les traits paraissent plus gros qu'ils ne seront après la morsure. Un papier transparent posé sur la planche permettra d'apprécier plus exactement le travail, en empêchant le rayonnement du cuivre dénudé. On déblaye le terrain au moyen d'un blaireau passé de temps en temps sur la planche et qui enlève les parcelles de vernis arrachées par la pointe.

Pour faire des *corrections,* il suffit de recouvrir les parties à revoir d'une couche de petit vernis ; c'est un vernis liquide que l'on y dépose au pinceau : on laisse sécher et on reprend à nouveau, les travaux antérieurs étant annulés, comme il est aisé de le comprendre.

Le dessin fait, corrigé, examiné à la loupe et nettoyé des parcelles de vernis qui pourraient masquer certains travaux, on procède à la morsure, c'est-à-dire à l'opération proprement dite de la gravure à l'eau-forte.

Autrefois on se servait comme mordant d'un mélange d'acide azotique et d'acide chlorhydrique ; aujourd'hui on emploie l'acide azotique, appelé également acide nitrique, à 40°, c'est-à-dire étendu d'eau aux trois cinquièmes. Le graveur réduit lui-même son acide à un degré plus faible en y ajoutant de l'eau, suivant l'inten-

sité de morsure qu'il veut obtenir. Il est bon de débu-
ter par de l'acide à 20°; si l'acide a déjà servi, sa *gour-
mandise* pour le cuivre est naturellement diminuée; il
mord moins. Du
reste, il est dif-
ficile de rien spé-
cifier de précis
au sujet de l'ac-
tion des mor-
dants ; elle est
subordonnée à
une foule de cau-
ses extérieures
dont l'expérience
seule apprend à
tenir compte :
en thèse géné-
rale, la mor-
sure est plus
vive et plus ra-
pide quand la
température est
plus élevée.

Il est d'au-
tres mordants
que l'acide ni-
trique; nous en
parlerons plus

FIG. 30. — CARTOUCHE DESSINÉ
ET GRAVÉ PAR A. DURER.
Fac-similé gravé sur bois.

loin, dans le chapitre consacré à la Gravure au Lavis.

Avant d'être plongée dans le bain d'eau-forte, la
planche doit être protégée par une couche de vernis

dans toutes les parties non dessinées; on recouvre donc
l'envers et les marges de vernis au pinceau et on attend
qu'il soit bien sec

La planche ainsi préparée est déposée horizontale-
ment dans une cuvette plate de porcelaine ou de gutta-
percha contenant une quantité d'acide suffisante pour la
recouvrir complètement. Quelques bouillonnements se
produisent : leur intensité est proportionnelle à l'intensité de l'action chimique, c'est-à-dire de la morsure.

On arrête cette action en retirant la planche (les
doigts sont protégés au moyen de doigtiers en caoutchouc) et en l'immergeant dans l'eau : puis on l'éponge
au moyen de feuilles de papier buvard superposées.

Si l'on veut faire remordre certaines parties de la
planche on protège les autres au moyen de vernis au
pinceau, et dès qu'elle est sèche, on la plonge de nouveau dans l'acide. On peut ainsi lui faire subir plusieurs
morsures partielles et successives. En principe, la gravure est faite. Il suffit de laver la planche à l'essence de
térébenthine pour dissoudre le vernis qui la recouvre,
puis de la porter à l'imprimeur. Encrée au tampon,
puis essuyée avec soin pour que l'encre reste seulement
dans les sillons creusés par l'acide, elle fournit l'é-
preuve qu'on lui demande.

Mais ce n'est là, le plus souvent, qu'une épreuve
d'essai destinée à renseigner le graveur sur ce qu'il a fait
et sur ce qu'il lui reste à faire.

Reprise des travaux.

On peut reprendre complètement la planche en la recouvrant de vernis blanc, qui la protégera sans masquer les travaux déjà effectués; ce vernis, étalé au rouleau, ne pénètre pas dans les sillons creusés par la morsure; il est donc facile de revoir le travail accompli et de le compléter. Mais le temps des grandes morsures est passé; le vernis blanc s'écaille facilement, il ne garantirait pas suffisamment la planche contre les atteintes de l'acide. Si l'on juge qu'il y ait à ajouter des travaux très mordus, il est préférable de recouvrir la planche de vernis au tampon, comme au dé-

FIG. 31. — FAUNE.
Par Hans Sebald Beham.

but. Le premier dessin sera complètement recouvert, mais restera assez visible pour qu'on puisse raccorder les travaux nouveaux aux anciens. La morsure ou les morsures successives qui suivront n'agiront, comme de juste, que sur ces travaux complémentaires.

Le vernissage au pinceau peut remplir le même office, dans le même cas de reprises portant sur toute la surface de la planche.

Pour des morsures partielles, pour des raccords, on emploie également le petit vernis.

L'espace à retoucher est recouvert de ce vernis et quand la retouche est faite, on humecte avec de la salive les traits nouvellement tracés et on passe sur eux, légèrement, un pinceau imbibé d'acide nitrique.

Pointe sèche. La pointe sèche est un petit burin aiguisé en biseau et très coupant ; on le fait agir perpendiculairement sur le cuivre qu'il doit entailler franchement. Les tailles de la pointe sèche n'offrant que des angles aigus prennent moins d'encre que les sillons de l'eau-forte creusés perpendiculairement ; elles donnent à l'impression un ton doux et pâle qui se rapproche de celui de l'estompe sur papier. Certains graveurs l'emploient exclusivement à la confection de planches qui alors portent le nom même de l'outil ; elle sert aux aquafortistes à faire les travaux délicats qu'ils n'osent confier à l'eau-forte, tels que le modelé des chairs, des ciels ou de l'horizon dans le paysage, et à assouplir les traits mordus trop brutalement. Le ton de la pointe sèche forme une sorte de glacis au moyen duquel on réconcilie entre elles des valeurs trop disparates.

Quand les travaux de pointe sèche sont terminés, on se sert d'un grattoir pour enlever les copeaux de cuivre soulevés par l'entaille. Ce grattoir ou *ébarboir* est un instrument à tranchant triangulaire que l'on passe à plat sur la planche dans le sens opposé à la direction suivie par la pointe. On sent au toucher si cet instrument a bien fait son office.

Un burin plus volumineux que la pointe sèche peut rendre à l'aquafortiste des services d'une nature opposée ; ses entailles nettes et vigoureuses conviendront à merveille pour redonner de l'éclat et de la fermeté aux ombres compactes ou salies, résultant de surfaces mor-

dues trop en largeur et qui retiennent mal l'encre de l'imprimeur. Ces surfaces sont dites *crevées*.

S'agit-il, au contraire, de supprimer des travaux, le graveur ne se trouve pas davantage au dépourvu. Il a à sa disposition les ressources suivantes :

Le *brunissoir*, sorte de poinçon mousse aplati et

FIG. 32. — LA VIEILLE ENDORMIE.
Fac-similé d'une eau-forte de Rembrandt.

présentant deux faces aux angles arrondis, sert à écraser et à élargir la surface du cuivre en rétrécissant la largeur des traits ; c'est un polissoir destiné à agir sur des surfaces déterminées et restreintes ; il joue le rôle de la gomme ou de la mie de pain dans le dessin sur papier. On le fait agir parallèlement au cuivre autant que possible.

Le charbon de saule, imprégné d'huile ou d'eau, use le cuivre, et peut, par conséquent, baisser le ton d'un

plan trop mordu, ou même faire disparaître ce plan tout
entier ; mais pour atteindre ce résultat il est souvent nécessaire de repousser le cuivre au marteau afin de
ramener de niveau la partie où l'on veut recommencer
.les travaux.

Le *grattoir* remplit le même office dans des espaces
restreints.

Pour *repousser* le cuivre on se sert du marteau frap-
pant à l'envers de la planche posée sur un tas ; un com-
pas à branches recourbées permet de déterminer les points
précis où il faut agir ; une des pointes étant placée sur
la face gravée du cuivre, l'autre indiquera le point correspondant sur la face opposée.

Un graveur du dépôt de la guerre, M. George, a eu
l'heureuse idée de remédier aux différences de niveau
occasionnées à la surface du cuivre par des grattages ou
des crevés qui nécessiteraient le repoussage au marteau,
en comblant les vides au moyen d'un dépôt galvanique
de cuivre exactement limité aux points nécessaires par
une ceinture de vernis. Le dépôt ne se fait que sur la
partie dénudée de la planche. Il est facile, au moyen du
grattoir ou du charbon, de ramener la surface ainsi com-
blée au niveau général.

Enfin, en s'adressant à un planeur de profession, on
peut faire enlever sur une planche une partie quelconque du travail et recommencer à nouveau comme sur
un cuivre vierge.

J'ai indiqué sommairement les principes fondamen-
taux de la gravure à l'eau-forte : quant aux procédés,
ils varient à l'infini, suivant la fantaisie , l'expérience
et l'ingéniosité de l'artiste. Aux personnes qui désire-

FIG. 33. — LA SYNAGOGUE DES JUIFS.

Eau-forte de Rembrandt. — Héliogravure typographique de M. Durand.

raient des renseignements précis et étendus, nous ne
pourrions recommander un meilleur guide que le traité
spécial de notre ami Maxime Lalanne[1]. Graveur émérite
autant que professeur distingué, il a fait pour nous la
planche ci-jointe, destinée à montrer les variétés d'aspect
que présentent l'eau-forte, la pointe sèche et la gravure
au *vernis mou* ou dans le *genre du crayon ;* il sera
question plus loin de ce dernier procédé.

1. *Traité de la Gravure à l'eau-forte*, 1. vol. A. Quantin, éditeur.

N° 1   Gravure à l'eau-forte
N° 2   Gravure à la pointe sèche
N° 3   Gravure à vernis mou ou en manière à crayon

A. Quantin Imp Edit

GRAVURE AU BURIN

Le graveur au burin opère sur le cuivre nu; le plus souvent, il débute par mettre en place son sujet en indiquant les ombres au moyen d'un calque tracé légèrement sur la planche vernie, puis mordue à l'acide.

La gravure au burin est un art tout spécial, et les procédés qu'elle emploie constituent un métier long et difficile à apprendre. L'eau-forte, au contraire, peut être tentée par quiconque sait dessiner, sans qu'il soit nécessaire d'avoir fait un apprentissage de graveur : l'expérience est pour beaucoup dans les résultats, mais elle est toute personnelle et ne relève pas d'une pratique uniforme, de procédés immuables.

Le *burin* est un petit barreau de bon acier trempé, carré ou en losange. Le bout, appelé *nez* ou *bec*, est coupé en biais ou en biseau : il présente ainsi une pointe et un angle coupant. Il est monté dans un manche de bois terminé en demi-champignon.

FIG. 35. — SATYRE ÉCORCHANT UNE BICHE.

Fac-similé d'une estampe de Nicoleto de Modène.

La forme du burin varie, du reste, suivant la convenance du graveur.

On conduit le burin sur le cuivre en le tenant avec le pouce et les trois derniers doigts, l'index étendu sur la lame, et la partie ronde du manche reposant dans le creux de la main, de telle sorte qu'aucun doigt ne fait obstacle entre l'instrument et la planche qui, dans le tracé des tailles, doivent affecter une direction presque parallèle.

La planche peut être posée sur un coussinet, ce qui permet de la retourner dans tous les sens suivant la direction des tailles.

Les tailles sont *ébarbées* au moyen du grattoir.

Ce qui distingue la gravure au burin de l'eau-forte, c'est que la première donne des épreuves qui sont exactement la reproduction du travail de l'artiste; il n'y a pas à compter sur les heureux hasards de la morsure ni sur les tricheries de l'impression. La surface de la planche, essuyée avec le plus grand soin, transmet au papier l'encre déposée dans les tailles; dans l'eau-forte, au contraire, l'imprimeur peut obtenir des colorations artificielles en essuyant plus ou moins et par places les parties non mordues, et en *retroussant* au moyen d'un chiffon l'encre qui remplit les sillons. Ces façons d'*engraisser* son travail sont interdites au graveur au burin; la planche ne lui rend rien de plus que ce qu'il lui a donné. De là la nécessité pour lui d'être un excellent dessinateur et de n'aborder le métal qu'après avoir assuré son travail par un dessin sur papier indiquant la direction des tailles qu'il se bornera ensuite à copier, en creusant plus ou moins le métal pour varier les épaisseurs

FIG. 36. — MONNA LISA DEL GIOCONDO

Gravure attribuée à Léonard de Vinci.

d'encre et partant la coloration des traits. Ici plus d'improvisation, plus d'essais : tout doit être écrit à l'avance, et du reste la lenteur du travail est telle que l'inspiration serait vite refroidie : l'art à proprement parler du graveur au burin a déjà dit son dernier mot quand la mise en œuvre commence, c'est-à-dire quand le dessin est arrêté.

Depuis l'invention de la photographie et des procédés de gravure qui en dérivent, depuis surtout que les éditeurs ont adopté l'eau-forte, la gravure au burin est un peu négligée. C'est un mode d'interprétation beaucoup trop coûteux et surtout trop long pour qu'il puisse satisfaire aux goûts du jour portés à l'économie du temps et de l'argent. La Chalcographie du Louvre et la Société française de gravure maintiennent cependant, par leurs commandes annuelles, les traditions d'un art élevé qui est dignement représenté, chez nous, par Henriquel-Dupont, François, Gaillard et leur jeune rival M. Huot, pour ne citer que des noms justement célèbres.

Théorie de la gravure.

Il n'y a pas à proprement parler de théorie de la gravure, qu'il s'agisse du burin ou de l'eau-forte : dans les arts, quels qu'ils soient, les théories sont fort secondaires. Cependant on peut émettre certaines observations générales dont un commençant fera bien de profiter, ne fût-ce que pour éviter une partie des écueils qui l'attendent à ses débuts. Cochin, le célèbre graveur, est une autorité considérable dans la matière : nous ne saurions donc mieux faire que de recourir aux lumières de son expérience et de son goût. Voici ce qu'il disait dans une de ses lectures devant l'Académie de peinture :

« La gravure diffère du dessin en ce que dans celui-ci on commence par préparer des ombres douces, et frap-

FIG. 37. — LE SOLDAT, PAR HOLBEIN.

Gravure sur bois des *Simulachres de la Mort*.

per ensuite les touches par-dessus ; au lieu que dans la gravure, on met les touches d'abord, après quoi on les accompagne d'ombres, parce qu'on ne rentre point les tailles sur le vernis, qui n'a pas assez de résistance pour assurer la pointe, et faire qu'elle ne sorte pas de traits déjà faits. Il n'est pas nécessaire de dessiner partout à

FIG. 38. — VÉNITIENNE TEIGNANT SES CHEVEUX.

Bois gravé par Ch. Guerra, d'après un dessin de Cesare Vecellio, 1590.

la pointe le trait de ce qu'on veut graver, avant de l'ombrer, parce qu'il pourrait se trouver dans la suite de l'ouvrage qu'on aurait tracé des endroits où il n'était pas à propos de le faire ; on peut donc tracer par petites parties, à mesure qu'il en est besoin, pour y placer les ombres, en marquant les principales touches, et ensuite dessiner le côté du jour avec une pointe très fine, ou même avec des petits points, si ce sont des chairs, ne formant de traits que dans les endroits qui doivent être un peu plus ressentis ; il faut aussi accompagner ces traits soit de quelques points, si c'est de la chair, soit de quelques tailles ou hachures, si ce sont des draperies, afin qu'ils ne soient point maigres et secs étant tout seuls. La gravure n'est déjà que trop sèche par elle-même, à cause de la nécessité où l'on est de laisser du blanc entre les tailles : c'est pourquoi il faut avoir toujours dans l'esprit de chercher la manière la plus grasse qu'il est possible. Comme on ne peut pas faire un trait gras et épais qui ne soit en même temps très noir, pour imiter le moelleux du pinceau, ou du crayon, qui les fait larges et néanmoins tendres, on est obligé de se servir de plusieurs traits légers l'un à côté de l'autre, ou de points tendres pour accompagner ce qui est tracé d'une petite épaisseur d'ombre qui l'adoucisse. Il faut observer la même chose dans les touches des ombres, et avoir soin que les tailles du milieu d'une touche soient plus appuyées que celles des extrémités ; on gravera ensuite les ombres par des hachures rangées avec égalité.

« On peut, dans la gravure à l'eau-forte, tirer un grand parti de la morsure ; ainsi une planche gravée d'un ton égal et uniforme pourrait être amenée à l'effet,

TÊTE DE L'APOLLON DU BELVÉDÈRE

Etats successifs d'une gravure au burin

par le seul fait de la manière dont la morsure aurait été dirigée.

« La gravure pouvant être regardée comme une façon de peindre, ou de dessiner avec des hachures, la meilleure manière et la plus naturelle de diriger les tailles est d'imiter la touche du pinceau, si c'est un tableau que l'on copie. Si c'est un dessin, il faut les diriger du sens dont on hacherait si on le copiait au crayon. Ceci est seulement pour la première taille; à l'égard de la seconde, il faut la passer par-dessus, de manière qu'elle assure bien les formes conjointement avec la première, et, par son secours, fortifier les ombres et en arrêter les bords d'une manière un peu méplate, c'est-à-dire un peu tranchée et sans adoucissement. »

Comme la taille, si fine qu'elle soit, paraîtrait toujours un peu dure dans le passage de l'ombre à la lumière, surtout dans les chairs, on peut, suivant la recommandation de Cochin, se servir soit de traits à la pointe sèche, soit de points allongés ou ronds, et espacés plus ou moins, de manière à ménager la transition.

En thèse générale, éviter dans la gravure à l'eau-forte que les tailles se croisent sous des angles trop aigus, parce que la morsure agirait trop vivement sur les points d'entre-croisement et que les sommets feraient tache.

Pour ce qui est de la théorie des losanges et de toute la mécanique du burin, je crois inutile d'entrer dans des détails qui ne seraient d'aucune utilité pour les lecteurs auxquels ce livre s'adresse. L'excellente planche que M. Antoine Szretter a faite pour ce livre en montrant les états successifs d'un même sujet gravé au burin, indiquera mieux que nous ne pourrions le faire la marche la plus habituelle des travaux, depuis le tracé du calque jusqu'à l'achèvement de la gravure.

Je terminerai par quelques citations de gravures à consulter pour se rendre compte du parti que l'on peut tirer de telle ou telle manière de procéder dans le rendement des objets.

Pour les chairs, voir les estampes de Corneille Vischer, Houbraken, Ficquet. Pour les *étoffes*, on trouvera d'excellents modèles dans les gravures de Bolswert et de Masson. Les *lointains* ont été bien rendus par Audran.

Les gravures françaises du xviiie siècle sont en général de bons modèles à consulter, à tous les points de vue.

De nos jours, Jules Jacquemart a admirablement traduit les *armes*, les *émaux*, les *matières précieuses;* F. Buhot marche sur les traces de ce maître; Gaucherel excelle dans l'*architecture;* Brunet-Debaisnes, Chauvel, Courtry, Lalanne, G. Greux dans le *paysage*. Gilbert, La Guillermie et Le Rat ont gravé à l'eau-forte d'excellents portraits; Waltner, Rajon, Lalauze, L. Flameng, Th. de Mare, Gaujean et tant d'autres que je pourrais citer, brillent par des mérites divers sur lesquels je ne saurais m'étendre. F. Gaillard, enfin, est un artiste d'une rare puissance et d'une originalité absolue.

On consultera également avec fruit les estampes des peintres-graveurs, Ch. Jacque, Daubigny, Bernier, Appian, etc., etc., et celles de graveurs étrangers, anglais particulièrement, dont la nomenclature nous entraînerait trop loin; nous en avons déjà cité quelques-unes au commencement du chapitre de l'eau-forte.

GRAVURE AU POINTILLÉ

Nous avons vu déjà que les graveurs pouvaient se servir avantageusement de points tracés au burin ou à la pointe sèche pour établir une transition insensible entre les parties en lumière et les parties colorées d'un objet quelconque. Le procédé est particulièrement employé dans le modelé des chairs. Certains graveurs de nos jours en ont tiré un excellent parti pour graver complètement les figures nues d'un tableau dont les accessoires étaient traités soit au burin, soit à l'eau-forte ; je citerai notamment Léopold Flameng, dans diverses planches d'après Prud'hon, Ingres, Cabanel, etc. Il en est d'autres qui gravent une planche au pointillé à l'exclusion de tout autre procédé, et c'est ce qui constitue le système à proprement parler, système peu recommandable dans ce cas, car les résultats en sont généralement défectueux. Les planches au pointillé sont ternes et monotones d'aspect, sans fraîcheur et sans éclat.

Morin, Boulanger, Lutma, Bartolozzi et W. Ryland ont cependant fait un certain nombre d'ouvrages estimés par ce procédé, qui était fort à la mode à la fin du xviiie siècle.

Pour graver au pointillé on se sert, avons-nous dit, du burin et de la pointe sèche ; on peut employer aussi un ciselet que l'on fait agir à coups de marteau. La grosseur des points, leur degré de rapprochement, leur disposition, sont les éléments au moyen desquels le graveur traduit la forme et les colorations de l'image qu'il veut produire. Pour donner plus de vigueur au travail,

FIG. 39. — L'ENFANT AUX CHATS.

D'après une estampe de Giulio Campagnola.

on peut le faire mordre à l'eau-forte. La planche, terminée ou non, aura été vernie au rouleau ou même au tampon avant d'être plongée dans le bain, afin que toute la surface de cuivre non pointillée soit protégée contre la morsure de l'acide.

GRAVURE DANS LE GENRE
DU CRAYON

N appelle ainsi un genre de gravure qui permet de produire des estampes ayant l'aspect d'un dessin au crayon : il a été inventé au xviii° siècle par le graveur François, et grandement perfectionné par Demarteau.

Pour donner aux traits de la gravure l'aspect que le grain du papier donne aux traits d'un dessin au crayon, on se sert d'une pointe divisée en parties inégales et de roulettes qui présentent à leur circonférence des aspérités inégales.

La roulette tournant sur un axe comme une molette d'éperon est munie d'un manche à la façon d'une pointe ordinaire ; par des mouvements de va-et-vient sur le cuivre nu on produit une sorte de pointillé qui donne au tirage le grain voulu pour imiter l'aspect du crayon.

La morsure s'applique à ce genre de pointillé comme à celui que nous avons décrit plus haut.

Les Anglais ont inventé un autre moyen de produire le même résultat. A trois parties de vernis ordinaire on ajoute une partie d'axonge, et, quand le mélange est bien effectué, on l'étale comme un vernis sur la planche,

FIG. 41. — LA JOUEUSE DE FLUTE.

Gravure anonyme du xvie siècle.

et on enfume. Sur cette préparation on étend, après l'avoir humectée, une feuille de papier grené, résistant quoique mince, sur laquelle est tracé le calque ou même le dessin que l'on veut faire. Cette opération demande à être conduite avec beaucoup de soin, car il ne faut pas que les doigts s'appuient sur le vernis. Les marges du papier sont rabattues et collées au dos du cuivre, et on attend pour commencer à dessiner que le papier soit bien sec, ce qui est l'affaire de quelques heures. Alors, le cuivre étant protégé par une planchette de bois portant sur deux supports suffisamment élevés, on dessine sur le papier, sans autre précaution à prendre que d'éviter tout autre contact que celui du crayon. Le travail terminé, on décolle les marges du papier et on le soulève avec précaution ; en se retirant il emporte avec lui toutes les parties du vernis qui se trouvaient sous le chemin du crayon. Dans ce parcours, le cuivre est mis à nu plus ou moins nettement et dans la proportion de l'effort exercé par la pointe du crayon ; soumis à la morsure, à des morsures successives s'il le faut, il donnera exactement la gravure du dessin au crayon. (Voir la planche de la page 78.)

Certains artistes dessinent avec une pointe d'ivoire et sur n'importe quel papier, pourvu qu'il soit léger et transparent. Le trait paraît en gris : on a ainsi la possibilité de reproduire un dessin déjà fait sur le papier, sans le couvrir par de nouveaux traits de crayon.

La gravure dans le genre du crayon est un moyen qui, seul ou combiné avec les autres procédés, peut fournir d'excellents résultats.

GRAVURE EN MANIÈRE NOIRE

FIG. 42. — LA CHARITÉ.

La gravure en manière noire a été inventée, en 1642, par le prince palatin Ruprecht, ou plutôt par un lieutenant à son service, du nom de Louis Siegen. Les estampes qu'elle donne ressemblent un peu à des dessins au lavis, et la technique du graveur présente une certaine analogie avec la façon de procéder que l'on emploie pour dessiner à la gouache sur papier teinté, c'est-à-dire que, à l'inverse de la manière habituelle, l'artiste extrait de l'ombre les images qu'il veut créer.

La planche dont on se sert est un cuivre grené qui, à l'impression, donnerait une teinte noire uniforme. On trouve des cuivres tout préparés dans le commerce, mais certains graveurs préfèrent exécuter eux-mêmes le travail mécanique du grenage. Ils se servent pour cela d'un outil d'acier nommé *berceau*, dont la partie tran-

chante forme un demi-cercle taillé en biseau sur une
de ses faces, et portant sur cette face une série de traits
droits, fins et serrés, gravés au burin. C'est en prome-
nant ou plutôt en balançant cet instrument à la surface
du cuivre d'abord dans les deux sens parallèles à ses
arêtes, puis en diagonale, que l'on obtient un grain bien
uni. Il ne faut pas moins de vingt tours de berceau, le
tour comprenant l'opération dans les trois sens, pour
que cette gravure mécanique donne un ton d'un beau
noir, homogène et profond.

Une fois le cuivre préparé, le graveur commence son
œuvre, qui consiste à détruire, au moyen de brunis-
soirs et de grattoirs, le travail du berceau dans toutes les
parties lumineuses de la gravure projetée, et dans une
mesure proportionnelle à l'intensité du blanc qu'il veut
obtenir : c'est donc à peu près comme s'il dessinait au
crayon blanc sur un fond noir. Plus il détruira le grain,
plus il atténuera les ombres que ce grain donne au
tirage ; les lumières vives, franches, sont réservées pour
la fin ; dans les parties du cuivre où elles ont à produire, toute trace du berceau doit avoir disparu ; le métal aura été ramené à son état primitif.

Ce procédé a, comme tous les autres, ses avantages
et ses inconvénients. Le principal des avantages est de
fournir une gamme très étendue de tons intermédiaires
entre le blanc pur et le noir le plus profond, mais il est
bien difficile de conserver au dessin un caractère de liberté
et d'esprit dans un travail où les contours ne sont pas
écrits d'un trait, mais dégagés de la masse par une sorte
de découpage.

Le prince Ruprecht, les graveurs Smith et G. Withe

FIG. 43. — LE MERCURE GALANT FOUETTÉ PAR LES MUSES.

Estampe satirique de Bon Boulogne, gravée en fac-similé par Perrichon.

ont laissé de bons portraits à la manière noire. Rembrandt, qui ne s'est pas servi de ce procédé, a établi victorieusement par ses eaux-fortes qu'on pouvait se dispenser d'y recourir, même dans les cas qui lui sont particulièment favorables : le croisement des tailles dans tous les sens a permis au grand maître de réaliser des merveilles de clair-obscur et des prodiges de lumière que la manière noire est impuissante à produire.

La gravure en manière noire est encore en grande faveur en Angleterre; on vient de faire à Londres une exposition fort intéressante d'estampes ainsi gravées, anciennes et récentes.

GRAVURE AU LAVIS

FIG. 44. — LE NID D'AMOURS.

Cette gravure donne des épreuves qui ressemblent à des dessins lavés à l'encre de Chine ou à la sépia ; elle est, du reste, effectuée par des moyens analogues à ceux employés dans ce genre de dessin. Au lieu d'encre, le graveur se sert d'acide nitrique ou d'autres mordants liquides qu'il applique au pinceau sur le cuivre nu : l'intensité du ton plat obtenu de cette manière dépend de la force du mordant employé et de la durée de son emploi.

Voici, d'ailleurs, comment on procède, ou plutôt un des moyens de procéder, car chaque artiste a pour ainsi dire sa *recette* particulière.

Le dessin est d'abord établi sur cuivre et gravé par les procédés habituels de l'eau-forte, puis on dévernit la planche et on la nettoie. Cette opération terminée, on recouvre de vernis de Venise, appliqué au pinceau, toutes les parties du cuivre qui doivent rester blanches, c'est-à-dire ne fournir aucune teinte au tirage, et on plonge la planche ainsi préparée dans un bain d'acide faible. Quand le graveur croira qu'il s'est écoulé un temps suffisant pour une morsure légère et très superficielle, il retirera la planche et la lavera à grande eau. Puis au moyen de couvertures partielles et successives au vernis de Venise, suivies de nouvelles morsures, il accentuera les teintes de lavis suivant l'effet qu'il veut produire ; si, par exemple, il a besoin de trois tons de noir, il fera mordre une première fois l'ensemble des parties teintées, recouvrira de vernis l'emplacement des teintes faibles, fera mordre une seconde fois pour obtenir les teintes mixtes, et enfin recouvrira celles-ci du vernis protecteur et fera une troisième morsure qui, dans les points découverts, produira le ton noir le plus intense, car ces points auront supporté les trois morsures.

On obtient ainsi des zones de teintes douces, légères, mais un peu molles, et quelquefois accusant trop la ligne de démarcation des morsures successives. Pour donner des accents plus vifs en certains points et pour raccorder les teintes, le graveur tient à sa disposition divers procédés dont nous allons parler brièvement.

D'abord, s'il a une grande habitude de l'eau-forte et une sûreté de main à toute épreuve, il peut faire ces retouches à l'aide d'un pinceau imbibé d'acide plus ou moins dilué, et passé rapidement aux bons endroits. L'immersion de la planche dans un bassin d'eau froide arrête immédiatement l'effet de l'acide : c'est affaire au graveur de bien calculer son temps et la puissance du mordant.

FIG. 45. — FAC-SIMILÉ D'APRÈS UNE GRAVURE
DE DOMENICO CAMPAGNOLA.

Il peut aussi faire subir à des parties déterminées du cuivre un bain d'eau-forte en élevant autour de ces parties un quai de cire molle qui circonscrive exacte-

ment le lieu de l'action et serve de digue aux épanche-
ments de l'acide qu'on versera dans ce bassin artificiel.
Une bonne précaution à prendre, en pareil cas, pour
éviter les infiltrations de
l'eau-forte sous le rempart
de cire, consiste à promener
une clef chauffée le long du
circuit intérieur de ce rempart : la cire ramollie for--
mera, par l'agglutination de
ses molécules et leur adhérence plus intime au cuivre,
un obstacle invincible aux
empiétements de l'acide.
Une gouttière ménagée sur
le côté du quai de cire qui
se rapproche le plus des
marges de la planche per-
met de se débarrasser de
l'eau-forte quand elle a accompli son office. Le trajet
de la gouttière sur le cuivre

FIG. 46.

VASE ÉTRUSQUE.

Gravure sur bois.

doit être protégé, bien entendu, soit par la cire elle-
même, soit par une couche de vernis.

En outre de l'eau-forte, le graveur dispose, pour
faire des retouches, de plusieurs mordants que l'industrie délivre tout composés, d'autres enfin qu'il peu
composer lui-même.

Une solution concentrée d'argent dans de l'acide nitrique, atténuée ou non par l'addition de gomme arabique, produit des effets d'une vivacité qui dégénère

7

facilement en violence. On l'applique au pinceau : une petite éponge légèrement humectée permet d'enlever les parcelles d'argent qui se déposent sur le cuivre quand l'action est produite.

Divers mordants, notamment le *soufre,* sont indiqués dans les chapitres qui suivent. Un des meilleurs et des plus employés, c'est le *perchlorure de fer* à 45°, pur ou étendu d'eau ; il agit avec netteté et convient à merveille aux finesses d'un dessin. Le temps de morsure est de quelques minutes seulement.

Il y a aussi le mordant au miel dont on se sert comme d'une couleur : il se compose en proportion variable de sel marin, de chlorhydrate d'ammoniaque et de vert-de-gris, exactement broyés sur une glace avec le jus ou sirop de miel qui se trouve au fond des tonneaux où cette substance est conservée. Le sirop de miel peut être remplacé par le miel même, ou par de l'eau-forte saturée de gomme arabique. On reconnaît que le mordant a fait son effet à son dessèchement et au changement de sa couleur.

Ce genre de gravure, laissant à ceux qui l'emploient une grande liberté de main, et ne demandant aucun outillage spécial, convient admirablement aux peintres.

GRAVURE A L'AQUATINTE

Nous comprendrons sous cette dénomination tous les systèmes de gravure qui ont pour base la production mécanique d'un fond grené : la manière noire s'en distingue par le caractère tout particulier du travail de dessin; c'est pourquoi nous lui avons consacré un chapitre spécial.

Il y a bien des manières de dépolir le cuivre et de lui donner un grain d'une finesse variable suivant l'aspect et le ton que l'on veut obtenir; nous allons passer rapidement en revue les principales.

La première opération consiste à recouvrir la planche d'un vernis séchant moins facilement que le vernis ordinaire, — on trouve ce vernis tout préparé dans le

FIG. 47.

L'AMOUR, PAR THORWALDSEN

Dessin de Gaillard

Gravé par Carbonneau.

commerce, — et à maintenir le cuivre assez chaud pour que la couche de vernis ait l'apparence d'une nappe d'huile. Puis on saupoudre largement la surface de *sel marin* finement pulvérisé et que l'on aura, au préalable, bien séché dans un vase de terre non vernissé, sur de la cendre chaude. Le sel s'attache au vernis et pénètre jusqu'au cuivre; après avoir débarrassé la planche, en la secouant, de l'excédent du sel, on la pose sur un réchaud pour faire recuire un peu le vernis.

Cela fait, et sans attendre qu'elle soit refroidie, on plonge la planche dans un bain d'eau à la température de l'appartement; on renouvelle plusieurs fois cette eau pour dissoudre complètement le sel et en faire disparaître toute trace.

Au lieu et à la place des granules de sel, il reste alors des vacuoles au fond desquelles le cuivre se trouve mis à nu. Une morsure à l'eau-forte ou plusieurs morsures successives appliquées à la planche donneront un ou plusieurs tons grenés d'une coloration proportionnée à la durée d'action du mordant. Les couvertures partielles se font au vernis de Venise comme dans la gravure ordinaire.

Le sel marin peut être remplacé par du *sable fin,* de la poudre d'*os calcinés,* mais le sel donne des résultats plus nets, grâce à sa facile dissolution dans l'eau.

Les grains de *résine* de grosseurs différentes permettent de graver des fonds grenés d'un joli ton et de colorations variées. Voici comment on procède :

Dans une boîte complètement close et mise en communication, à sa partie inférieure, avec la canule d'un soufflet ordinaire, est renfermée une certaine quantité de résine pulvérisée. Cette boîte est pourvue à l'intérieur, sur ses parois latérales, de tasseaux destinés à recevoir la planche, à la façon d'un rayon de bibliothèque.

Le cuivre *nu* ayant été nettoyé avec le plus grand

FIG. 48. — LES TROIS GRACES, PAR THORWALDSEN
Dessin de Gaillard, gravé par Carbonneau.
Bois emprunté à l'ouvrage de M. Eug. Plon sur Thorwaldsen.

soin, on fait agir la soufflerie pendant un instant, de manière à produire un nuage de poussière résineuse dans l'intérieur de la boîte ; puis on introduit la planche par un châssis pratiqué à la face antérieure de cette boîte et on l'installe sur les tasseaux. Suivant l'instant où l'on

pratiquera cette opération, la poussière de résine qui
recouvrira la surface du cuivre sera plus ou moins
grosse; en effet, suivant les lois de la pesanteur, ce sont
les molécules les plus volumineuses qui retombent les
premières, puis les moyennes, puis les plus fines.

Au bout d'un certain temps, on retire la planche, et,
en prenant les précautions nécessaires pour que la couche
de résine ne subisse aucune atteinte, on fait légèrement chauffer le cuivre sur un réchaud, afin de ramollir
la résine et de la rendre adhérente. Sous l'influence de
la chaleur, on voit les molécules se rapprocher, s'agglu-
tiner en formant un réseau plus ou moins serré, suivant
la grosseur des grains. On laisse refroidir, puis couvrant
de vernis au pinceau les parties où l'on ne veut pas de
fond grené, on plonge le cuivre dans le bain d'eau-
forte. Les parties protégées par le vernis et par les molécules de résine ne subiront aucune atteinte; seuls les
espaces circonscrits dans les mailles du réseau seront
creusés par l'acide, d'une façon régulière et avec une
intensité variable, car des couvertures partielles suivies
de morsures successives permettent de graduer l'effet,
comme dans tous les autres systèmes de gravure à l'eau-
forte.

Cette opération du grenage par la résine peut, du
reste, être renouvelée plusieurs fois sur la même planche,
en se servant d'une poussière à molécules plus grosses
ou plus fines.

Les Anglais procèdent d'une façon différente, mais
qui dérive du même système; cette façon aurait été
inventée par l'abbé Saint-Non, et le peintre-graveur
français J.-B. Leprince s'en est servi avec le plus grand

succès. La planche est tout entière recouverte de vernis, comme dans l'opération première de la gravure à l'eau-forte pure, puis au moyen d'un pin-ceau imbibé d'un mélange d'huile d'olive, de téré-benthine et de noir de fumée, on re-couvre toutes les parties où l'on veut produire un grain. Au bout de quel-ques instants, on frotte avec un linge mou ces mêmes parties ; le vernis, dissous par la mix-ture dont nous ve-nons de donner la composition, s'en-lève et laisse le cui-vre à nu. Après avoir fait en sorte qu'il ne reste pas la moindre trace de salissure sur les parties dénudées, on donne le grain

FIG. 49. — PENDELOQUE D'ORFÈVRERIE
DU XVIIIᵉ SIÈCLE.
Gravure sur bois.

au moyen de la poussière de résine et l'on fait mordre.

Nous avons déjà dit que l'on pouvait varier la grosseur du grain en recouvrant la planche d'une poussière plus ou moins fine ; le choix de la résine a aussi son importance. On emploie d'ordinaire la résine commune ; certains graveurs préfèrent l'asphalte, la poix de Bourgogne, la colophane ou arcanson, le copal enfin qui paraît, résister le mieux à l'action des acides.

Pour obtenir un grain d'une grande finesse, donnant un ton de lavis léger, on se sert aussi du mordant au *soufre ;* voici la manière de l'employer : les parties du cuivre où l'on veut produire un grain ayant été réservées ou découvertes sur le vernis par le procédé que nous avons indiqué plus haut, on les badigeonne d'huile et on saupoudre la surface de fleur de soufre, de manière à en former une couche assez épaisse qu'on laissera en place pendant quelques minutes ou plus longtemps, suivant le degré de la température ambiante, et selon qu'on voudra obtenir un ton plus ou moins foncé. Ce mordant peut être appliqué également au pinceau, en se servant d'un mélange assez épais de soufre et d'huile.

Il y a diverses manières de saupoudrer une planche : un tamis très fin, par exemple, une pièce de mousseline tendue sur un châssis, ou bien une houppette à poudre de riz, atteignent parfaitement le but ; l'essentiel est de répartir la poudre d'une façon égale, ce que l'on obtient en la laissant tomber d'une certaine hauteur dans un endroit abrité contre les courants d'air.

Pour les retouches, en outre des moyens ordinaires de l'eau-forte, on peut employer ce même mordant au soufre, ou la mixture à base de miel dont nous avons donné la composition, ou enfin celle que voici : blanc ordinaire, thériaque et sucre délayés dans de l'eau.

FIG. 50. — MICHEL OPHOVEN,

Par Rubens. — Gravure sur bois de Smeeton, d'après un dessin de A. Gilbert.

Quand on emploie ces mordants à l'aide d'un pinceau, on procède comme s'il s'agissait de poser des rehauts à l'encre de Chine sur un dessin.

On a inventé dans ces dernières années un moyen qui permet d'obtenir, à l'aide des résines, un réseau

FIG. 51. — JEUNE FILLE AU PANIER,
Par Rembrandt. — Héliogravure typographique de M. Durand.

d'une égalité parfaite. Il suffit d'étendre au pinceau sur la planche une couche d'une solution concentrée de résine dans l'alcool ou dans l'éther; sous l'influence d'une douce chaleur, le liquide qui sert de véhicule s'évapore, et il reste un dépôt solide de matière résineuse finement granulée et adhérente. La grosseur et l'aspect du grain varient suivant le genre de résine employée.

GRAVURE SUR ACIER
SUR ZINC, ETC.

FIG. 52.

UOIQUE le procédé d'aciérage des planches, qui consiste à déposer par les moyens galvaniques une mince couche d'acier sur le cuivre *gravé*, opération qui n'altère en rien le travail de la gravure et qui peut être renouvelée toutes les fois que l'usure de l'acier en indique la nécessité; quoique ce procédé ait remédié souverainement à l'inconvénient que présentaient les gravures sur cuivre de fournir un tirage restreint, un certain nombre d'artistes s'exercent encore sur des plaques d'acier.

On se sert aujourd'hui d'acier décarboné à la surface, ce que l'on obtient en le soumettant à une haute température; le métal est ainsi rendu plus malléable aux outils du graveur, et il est facile, après le travail, de lui restituer sa dureté primitive.

L'eau-forte agit vivement sur l'acier, aussi faut-il l'employer très diluée. Chaque artiste a, du reste, un mordant d'une composition spéciale, fruit de ses méditations et de ses expériences; je me bornerai à indiquer quelques compositions qui ont fait leurs preuves entre les mains de graveurs expérimentés.

Voici quelle était la composition préférée de M. Tardieu père, graveur de géographie :

Vinaigre distillé . . . . 3000 grammes.
Chlorhydrate d'ammoniaque. 184   »
Sulfate de cuivre 125   »

Deux gros bouillons obtenus au moyen de ce mordant, employé sous forme de bain, suffisent à produire une morsure nette et profonde.

On doit à M. Deleschamps l'invention du *glyptogène,* (glyphe, de γλυφή, trait gravé en creux), ainsi composé :

Acétate d'argent . . . .   8 grammes.
Alcool rectifié 500   »
Eau distillée. 500   »
Acide nitrique pur 260   »
Éther nitreux   64   »
Acide oxalique.   4   »

Morsures successives, séparées par des lavages à l'eau alcoolisée ; la première n'aura qu'une demi-minute, temps suffisant pour la gravure des tons légers ; l'ensemble des morsures ne doit pas excéder 20 à 25 minutes, c'est-à-dire moitié environ du temps consacré à la morsure des planches de cuivre par l'acide nitrique.

Eau-forte pour l'acier de MM. A. Schwarz et R. Bœhme :

Iode . . . .   2 parties.
Iodure de potassium.   5   »
Eau   40   »

FIG. 53. — « CRÉDIT EST MORT, LES MAUVAIS PAYEURS L'ONT TUÉ. »

Image sur bois de la rue Saint-Jacques, XVIIᵉ siècle.

Cette solution, dont la quantité sera déterminée à volonté en observant la relation des parties, peut être étendue de 40 parties d'eau pour les morsures fines.

L'action de ce mordant est lente, quoiqu'il agisse avec netteté et en profondeur.

FIG. 54. — GRAVURE EN FAC-SIMILÉ D'UNE ESTAMPE
DU XVIᵉ SIÈCLE.

Gravure de la musique.

Autrefois, les planches de musique étaient complète-ment gravées au burin ; aujourd'hui les notes sont frap-pées au poinçon, qui fournit une besogne moins belle mais plus rapide. Nous ne nous étendrons pas sur la technique de ce genre de gravure ; elle ne diffère de celles que nous avons analysées jusqu'à présent que par le choix de quelques outils spéciaux.

La musique à bon marché est d'abord dessinée sur pierre ou sur papier à report, à l'encre lithographique, puis reportée sur plaque de métal que l'on fait mordre aux acides par les procédés ordinaires de la gravure chimique en relief.

Il est encore d'autres procédés, mais comme ils ne relèvent pas de l'art de la gravure à proprement parler, j'en dirai seulement quelques mots quand il s'agira de gravure mécanique.

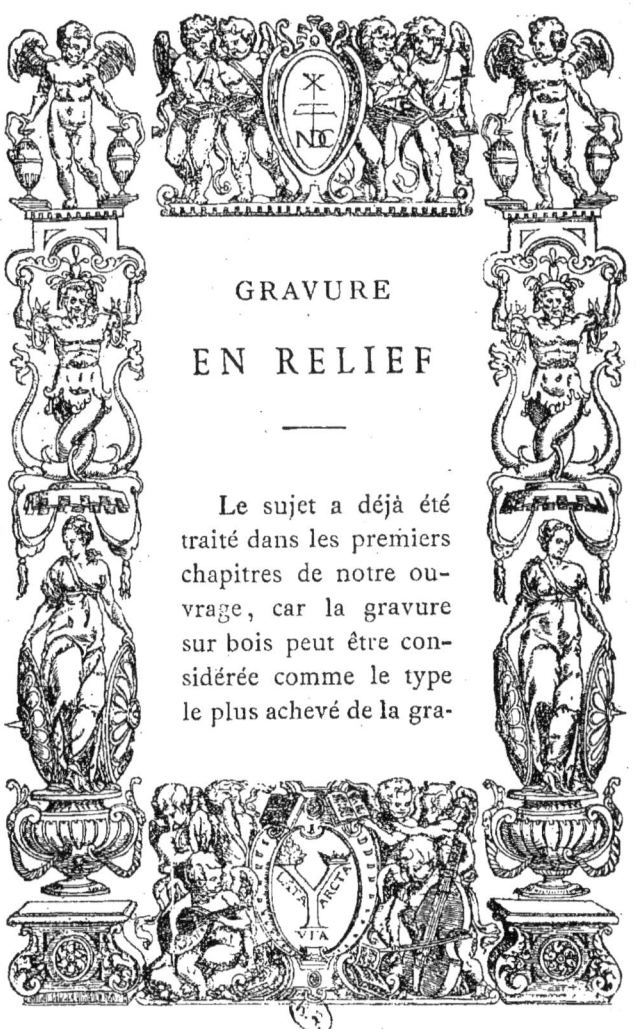

GRAVURE
EN RELIEF

Le sujet a déjà été traité dans les premiers chapitres de notre ouvrage, car la gravure sur bois peut être considérée comme le type le plus achevé de la gra-

FIG. 55. — ENCADREMENT DE JEAN COUSIN
(Chroniques de France).

8

vure en relief. Nous disons le plus achevé mais non le plus ancien, car la gravure au *criblé* sur métal, en relief, est vraisemblablement le premier procédé dont on ait fait usage en Europe, puisque dès le commencement du xvᵉ siècle, dès 1406, au dire de M. H. Delaborde, ce procédé fournissait des types à l'impression. La gravure au criblé est ainsi appelée de ce que la surface gravée de métal était criblée de petits trous, modelant le dessin en blanc sur fond noir, ou de tailles croisées ne laissant à niveau que des points noirs sur blanc; à côté de ces travaux de pointillé se trouvent du reste des tailles non surcoupées qui servent à cerner les figures, les mains et les ornements. Si ces gravures sont grossières au point de vue du dessin, le procédé de gravure n'est pas aussi naïf qu'on veut bien le dire, puisqu'en outre des tailles pleines au moyen desquelles ont été gravées postérieurement les estampes xylographiques de 1418 et de 1423, il accuse par le criblé une préoccupation de modeler que l'on ne retrouve plus dans celles-ci.

Nous allons parler maintenant des procédés se rattachant à la gravure sur bois, c'est-à-dire pouvant donner des clichés en relief qui s'impriment à la presse typographique.

Il semble au premier abord qu'étant donnée une planche gravée en creux, rien n'est plus facile que d'obtenir une gravure en relief pouvant s'imprimer dans le texte par les procédés typographiques ordinaires; il devrait suffire de considérer la première comme un moule, et d'y couler un cliché en métal. Les choses ne se passent pas aussi simplement.

Dans une gravure en creux exécutée à l'eau-forte, si

l'on pratique une coupe verticale de la planche, on constatera que la ligne de section correspondant au dessin représente une série de dépressions inégales en profondeur, suivant l'échelle de l'intensité des ombres : les par-

FIG. 56. — MOINE EN PRIÈRE.
Gravure sur bois d'après une eau-forte d'Overbeck.

ties qui se traduisent à l'impression par des lumières franches sont toutes au même niveau, mais celui-ci s'abaisse à mesure que l'on s'enfonce dans les parties ombrées. La section d'une empreinte en relief de cette même gravure donne un aspect mathématiquement inverse ; les noirs les plus intenses occupent les pics les plus élevés, et la dégradation suit son cours en descendant des demi-teintes aux blancs purs, qui sont tous au même niveau inférieur. Or l'impression typographique ne peut s'exercer que sur une surface parfaitement horizontale, que le rouleau chargé d'encre noircit d'une façon uniforme : tout ce qui n'est pas à hauteur de cette surface ne prend pas l'encre et se traduit en blanc à l'épreuve. On ne pourrait donc tirer une épreuve de cette empreinte en relief.

Ainsi que nous l'avons dit à propos de la gravure sur bois, suivant que les lacunes sont plus ou moins rapprochées entre les traits du dessin ou dans les ombres, on obtient des noirs plus ou moins vifs. Les tons pleins résultent des surfaces prenant l'encre dans toute leur étendue ; les demi-teintes, de surfaces au même niveau mais ajourées au moyen de hachures ou de points plus ou moins rapprochés. En un mot, dans un cliché en relief, les *épaisseurs* d'encre ne jouent aucun rôle, ou tout au plus un rôle très restreint : seules les *surfaces* encrées contribuent à donner à l'image son dessin et sa couleur.

La conclusion à tirer de ces explications est que l'impression typographique ne saurait rendre les effets du lavis ou de l'estompe, si l'on ne s'ingéniait à donner au cliché en relief, obtenu d'après un dessin traité au pinceau ou à l'estompe, un *grain* qui lui permette de tenir plus ou moins l'encre et par conséquent de modeler les parties ombrées. Au moyen de ce grain la continuité de la surface se trouve interrompue ; elle prend donc l'encre à des doses inégales, proportionnées à l'étendue des surfaces encrées.

La gravure en relief sur métal ou sur pierre a donné
lieu à des essais de tout genre que nous allons passer
rapidement en revue.

FIG. 57. — FIGURE TIRÉE
D'UNE EAU-FORTE DE Mme DE POMPADOUR.
Fac similé sur bois de M. Hotelin.

Au siècle dernier, un artiste de Schelestadt, J. Hoffmann, avait imaginé de recouvrir une plaque de métal
d'une couche assez épaisse d'un enduit résineux , de

tracer son dessin à la pointe en *découvrant* le métal,
comme font les aquafortistes, puis de clicher cette gravure. Il est aisé de se rendre compte que les blancs du
cliché en relief avaient une profondeur égale à l'épaisseur de l'enduit, et que tous les traits du dessin formaient
un plan parfaitement horizontal, puisque tous avaient
été coulés dans des moules de même hauteur. Hoffmann
avait donc résolu d'une façon fort intelligente le problème
de l'égalité de niveau, qui est la condition expresse de
l'impression typographique.

Le système le plus expérimenté est celui qui consiste
à opérer la morsure d'un dessin tracé sur métal avec une
encre ou un crayon inattaquable par les acides : en un
mot, à faire l'inverse de ce que font les aquafortistes.
Toutes les surfaces qui ne sont pas protégées par le
dessin sont creusées par la morsure; on a donc une gravure en relief.

Il y a enfin les procédés qui tendent à *exhausser* le
dessin, soit au moyen de poudres adhérentes qui ne s'at-
tachent qu'à lui, soit au moyen de dépôts métalliques
effectués au moyen de l'électricité.

M. Durand-Narat, par exemple, grave son sujet à
l'eau-forte par le procédé ordinaire, dévernit la planche,
la recouvre d'encre, comme s'il voulait en tirer une
épreuve sèche, — c'est-à-dire qu'après l'avoir bien encrée il l'essuie avec soin afin que les sillons de la
gravure restent seuls noircis, — puis il la saupoudre
avec diverses substances en poudres fines qui n'adhèrent
pas aux surfaces essuyées : cette opération, répétée plusieurs fois, élève le dessin au degré voulu pour qu'on
puisse en prendre l'empreinte et y couler un cliché.

Les procédés de gravure galvanique peuvent être classés en deux catégories, comme l'a fait M. Th. Du Moncel : 1° ceux dans lesquels le courant agit comme mordant ; 2° ceux dans lesquels un dépôt métallique résulte de l'action du courant.

Dans les deux cas on se sert de vernis isolants, qui limitent l'action soit du mordant, soit du dépôt métallique aux points où l'on veut agir.

Nous ne nous occupons ici que de la gravure de planches destinées à l'impression ; les mêmes procédés que nous venons de signaler sont employés pour produire des dessins en relief ou en creux sur des surfaces métalliques quelconques et de formes variées. Le principe ne change pas : une fois le dessin terminé, c'est affaire à des chimistes autant qu'à des graveurs de le creuser ou de le mettre en relief suivant l'indication.

FIG. 58.

MONTRE LOUIS XVI.

Gravure sur bois.

Procédé de M. Vial. — Les procédés imaginés par M. Vial, en 1863, reposent : 1° sur les précipitations de métaux, 2° sur l'affinité des acides pour certains métaux à l'exclusion des autres.

Si, par exemple, on dessine sur une plaque de zinc avec une encre chargée de sulfate de cuivre, il est facile de la transformer en cliché en relief, car cette mince couche de cuivre protégera suffisamment le dessin pour qu'il reste intact quand on fera mordre la plaque dans un bain d'acide nitrique faible. On peut employer de même une encre à base de mercure sur plaque de cuivre, à base d'or sur plaque d'argent, et faire mordre, en creux ou en relief, par des acides appropriés.

M. Vial, partant des deux principes énumérés plus haut, est parvenu à reproduire d'anciennes gravures. On trempe l'estampe que l'on veut transporter sur zinc dans une solution de sulfate de cuivre ; le liquide ne pénètre que dans les parties blanches du papier. L'épreuve ainsi humectée est appliquée par son recto sur la planche de zinc, et soumise à une pression uniforme. La réaction se produit aussitôt : le cuivre métallique se dépose sur la plaque, ne laissant à nu sur le zinc que le tracé des lignes de l'image qui n'ont pas été imprégnées de la dissolution. Ce dépôt métallique effectué, on rentre dans les conditions ordinaires de la gravure au moyen des acides.

Ce procédé donne lieu à d'autres manières d'opérer sur lesquelles nous croyons inutile d'insister. Il présente un inconvénient assez grave, c'est que la gravure originale souffre beaucoup de ces manipultations.

Procédés Dulos. — Ces procédés, inventés en 1864, sont basés sur les phénomènes de capillarité. Si l'on

couvre de mercure une planche de cuivre argenté sur
laquelle on a fait déposer une couche de fer après y
avoir tracé un dessin à l'encre ou au crayon gras, le mercure s'élève en saillie sur le tracé du dessin, qui, l'encre

FIG. 59. — MARCHANDE D'HUITRES.
Par Bouchardon. — Estampe du XVIIIe siècle.

enlevée, apparaît en traits d'argent; l'empreinte pouvant
en être faite à la cire fondue, il est facile ensuite d'en
obtenir un cliché en creux ou relief par la galvanoplastie.
M. Dulos est également l'inventeur d'un ingénieux

procédé de gravure typographique qui a déjà rendu de grands services.

On livre au dessinateur une plaque de cuivre recouverte d'un vernis dans la composition duquel entrent le caoutchouc et le blanc de zinc : ce vernis se coupe avec la plus grande facilité à l'aide de plumes d'acier ou de pointes d'ivoire. Le dessin terminé, la plaque est plongée dans un bain de fer dont le dépôt ne s'effectue que sur les parties de la planche découvertes par le travail de la pointe. Si on se propose de faire une gravure en creux par un sel de mercure, on enlève le vernis et on argente ; l'argent se dépose sur le cuivre à l'exclusion du fer ; on attaque ensuite le fer avec l'acide sulfurique étendu d'eau et on traite la plaque par le mercure ou le sulfate ammoniacal de mercure, afin d'exhausser les parties non gravés.

Pour obtenir le même dessin en relief avec le sel mercuriel, il faudrait, en suivant d'ailleurs la méthode précédente, déposer de l'argent et non du fer.

Les dessins sur vernis peuvent aussi être transformés en gravures par l'emploi de l'amalgame de cuivre.

Les moyens décrits se prêtent également à la gravure des outils de relieurs dits fers à dorer et des planches destinées à recevoir des émaux cloisonnés.

M. Comte fournit d'excellents clichés par un procédé analogue. La différence ne portant que sur les opérations chimiques, nous croyons inutile d'y insister davantage.

Zincographie. — Dès 1854, M. Dumont avait imaginé de dessiner au crayon et à l'encre lithographique sur une plaque de zinc légèrement grenée, puis après

avoir rendu le dessin agglutinant, en chauffant légèrement la plaque, de le recouvrir de poudres résineuses
qui augmentaient son pouvoir isolant; il faisait mordre
par voie galvanique dans un bain de sulfate de zinc.

FIG. 60. — AMOUR, D'APRÈS UNE ESTAMPE DE MANTEGNA.
Dessin de Gilbert, gravé par le procédé Comte.

Dans le procédé auquel l'inventeur M. Jacquemin a
donné le nom de *galvanographie*, la plaque de métal
sur laquelle on a dessiné avec une encre grasse, c'est-
à-dire isolante, est suspendue au pôle positif dans un
bain galvanique. On sait que le dépôt métallique se fait
toujours au pôle négatif; à mesure que ce dépôt s'effec-

tue, une quantité proportionnelle de métal est empruntée par le bain au pôle positif, c'est-à-dire à la planche dessinée qui représente ce pôle ; l'emprunt ne pouvant se faire qu'aux endroits découverts, il en résulte que ceux-ci se creusent et qu'au bout d'un certain temps le dessin a un relief suffisant pour l'impression.

On se sert, en pareil cas, d'une encre analogue à celle des lithographes, c'est-à-dire composée d'un corps gras, de cire, de matières résineuses et colorantes : le tout formant un véritable vernis protecteur. Pour donner plus de solidité à ce vernis, on le dissout dans une eau albumineuse, et quand le dessin est terminé on soumet la planche à une température de 80 à 100 degrés. La coagulation de l'albumine rend cette encre insoluble : le dessin résistera donc victorieusement à tous les lavages, et, par son adhérence plus intime, protégera efficacement le métal subjacent.

M. le professeur Becquerel a rendu compte à l'Académie des sciences d'un procédé analogue dû à M. Devincenzi. Nous emprunterons à son excellent rapport quelques détails pratiques qui forment autant de renseignements utiles à connaître, non seulement pour le mode de gravure particulièrement visé, mais pour la lithographie, dont nous parlons plus loin.

« La zincographie, dit le rapporteur, ou l'art de dessiner sur zinc pour tirer ensuite des épreuves, date déjà d'un certain nombre d'années. En Angleterre et en Allemagne, on a substitué en partie, depuis longtemps, le zinc à la pierre dans la lithographie ; en France, cette substitution n'a pas été adoptée. M. Devincenzi, désirant obtenir avec le zinc des planches gravées en relief pou-

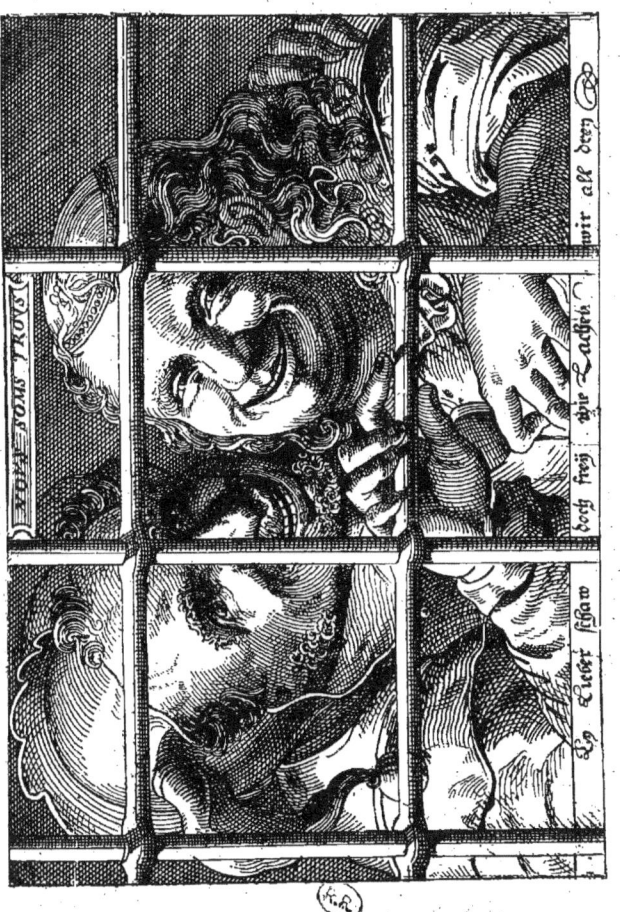

FIG. 61. — « NOUS SOMMES TROIS. »

Héliogravure d'un dessin de M. Kreutzberger, d'après une estampe allemande du XVIIe siècle.

vant servir à la typographie, s'est arrêté, après bien des
essais, au procédé que nous allons décrire. Mais auparavant, nous dirons que M. L.-P. Dumont s'était occupé,
postérieurement à M. Devincenzi, d'un procédé entièrement différent de celui qui nous occupe dans ce moment. Le procédé de M. Dumont (comme on l'a vu à la
page 126) consiste à dessiner sur une planche de zinc
avec un crayon insoluble de son invention, ou avec le
crayon ou l'encre lithographiques, puis à liquéfier la
matière grasse du dessin en chauffant lègèrement, à répandre ensuite sur la planche une poudre composée de
résine, de poix de Bourgogne et de bitume, à enlever
avec le souffle la portion de poudre qui n'a pas adhéré,
enfin à faire chauffer de nouveau pour fixer celle qui
recouvre le dessin. La planche ainsi préparée est plongée
dans un bain de sulfate de zinc et mise en communication
avec le pôle négatif d'une pile, tandis que le liquide est en
relation avec le pôle positif. On obtient ainsi un relief qui
sert à former un moule en gutta-percha, avec lequel il
obtient une planche en relief par la galvanoplastie.

« Le procédé de M. Devincenzi est différent du précédent. On prend une planche de zinc ordinaire, dont
la surface a été grenée préalablement avec du sable ta-
misé, et l'on dessine dessus avec du crayon ou de l'encre
lithographique ; on la passe ensuite dans une décoction
légère de noix de galle, puis à l'eau de gomme, afin de
prédisposer les portions de zinc qui ne sont pas recouvertes du dessin à ne pas prendre le vernis dont il sera
parlé ci-après. On lave avec de l'eau, puis on enlève le
crayon ou l'encre avec de l'essence de térébenthine,
comme on le fait dans la préparation de la pierre litho-

FIG. 62. — ENTRÉE D'UN PEINTRE DE L'ANCIEN RÉGIME DANS L'ATELIER DE DAVID.

Gravure sur bois d'après une estampe satirique.

graphique. Ces opérations faites, on humecte la planche,
et on y applique avec un rouleau un vernis composé
d'asphalte, d'huile de lin lithargiée et de térébenthine,
auquel on ajoute ensuite de l'essence de lavande. Le vernis s'attache uniquement aux portions recouvertes de
crayon ou d'encre[1]. On laisse sécher pendant douze à
quinze heures; on passe sur la planche une brosse trem-
pée dans une très faible dissolution d'acide sulfurique,
pour décaper la surface non recouverte de vernis, et on
la plonge ensuite dans une dissolution de sulfate de
cuivre marquant 15°, en même temps qu'une planche
en cuivre de même dimension est placée parallèlement
à 5 millimètres de distance, et mise en communication
avec l'autre au moyen d'une baguette de cuivre. La partie du zinc non recouverte de vernis est attaquée chimi-
quement par la dissolution du sulfate de cuivre, et élec-
tro-chimiquement par l'action du couple voltaïque, tandis
que la dissolution n'a aucune action sur le vernis. On
retire de minute en minute la planche de zinc pour enlever le cuivre déposé, et au bout de quatre à huit minutes, le relief est suffisant pour le tirage typographique
d'un grand nombre d'épreuves.

« Votre commission, ayant voulu se rendre compte
par elle-même de toutes les opérations qui viennent
d'être décrites, a prié notre excellent artiste, M. Chatillon, de vouloir bien dessiner sur une planche de zinc
grenée un sujet quelconque bien terminé, afin de nous
assurer que les traits les plus délicats ainsi que les demi-

1. C'est-à-dire la tache grasse provenant du dessin, car la
matière colorante de l'encre a été enlevée par l'essence de térébenthine.

teintes étaient reproduits par ce procédé de gravure. Il s'est
rendu à notre désir et a dessiné le portrait du Pérugin
d'après Raphaël, en y faisant des traits extrêmement fins,
devant servir de lignes de repère. Nous avons fait subir
à la planche par M. Devincenzi, et en notre présence,
toutes les préparations décrites, et le tirage a ensuite
été fait par M. Plon, que
nous lui avions indiqué.
Toutes les épreuves obte-
nues ont été la reproduc-
tion parfaite du dessin,
comme M. Chatillon l'a
reconnu lui-même, ainsi
que vos commissaires;
les lignes de repère à
peine visibles ont été re-
trouvées.

FIG 63. — BIJOU ANCIEN RUSSE
Gravé sur bois.

« Une épreuve restait
à faire; nous l'avons tentée. Le zinc étant attaqué
directement par la disso-
lution de sulfate de cui-
vre, il pouvait se faire
que l'action électro-chi-
mique ne fût pas indispensable; en conséquence, nous
avons invité l'auteur à se borner à plonger pendant six
minutes, c'est-à-dire pendant le même temps que l'autre,
une planche de zinc dessinée et préparée de la même
manière, dans une dissolution de sulfate de cuivre marquant 15 degrés, et à faire le tirage. Les épreuves obtenues n'ont pas été satisfaisantes; les contours du dessin

9

n'étaient pas nets, et plusieurs parties n'étaient pas rendues. Nous avons reconnu ainsi la nécessité de faire intervenir, comme le pratique l'auteur, l'action d'un couple voltaïque, qui creuse davantage et plus uniformément
sans altérer aucunement le dessin de l'artiste. M. Devincenzi a fait tirer huit cents épreuves de la tête du Pérugin. Avec d'autres planches, il a imprimé trois mille
épreuves, les dernières étant aussi belles que les premières. Il pense que le zinc, présentant plus de résistance que l'alliage des clichés, composé de plomb et d'an-
timoine, permettra de tirer au moins autant d'épreuves
que ces derniers. »

Paniconographie. — Nous arrivons enfin au procédé
de gravure en relief le plus important par ses résultats
pratiques et par la place considérable qu'il a prise dans
l'illustration contemporaine des livres et des journaux.
La *paniconographie* a été inventée par M. Gillot; elle
est aujourd'hui pratiquée par son fils et par un grand
nombre d'autres industriels qui ont plus ou moins mo-
difié le système.

Je vais donc traiter avec plus de développement
l'étude de ce procédé : ce que j'ai à dire de la manœuvre
pourra du reste s'appliquer non seulement à la paniconographie, mais à l'héliogravure en relief, qui tient une
place non moins importante dans les systèmes usités de
nos jours.

C'est encore un rapport, dû également à un savant
de premier ordre, qui me fournira tous les renseignements indispensables. Il a été fait, en 1858, par M. Th.
du Moncel, devant la Société d'encouragement.

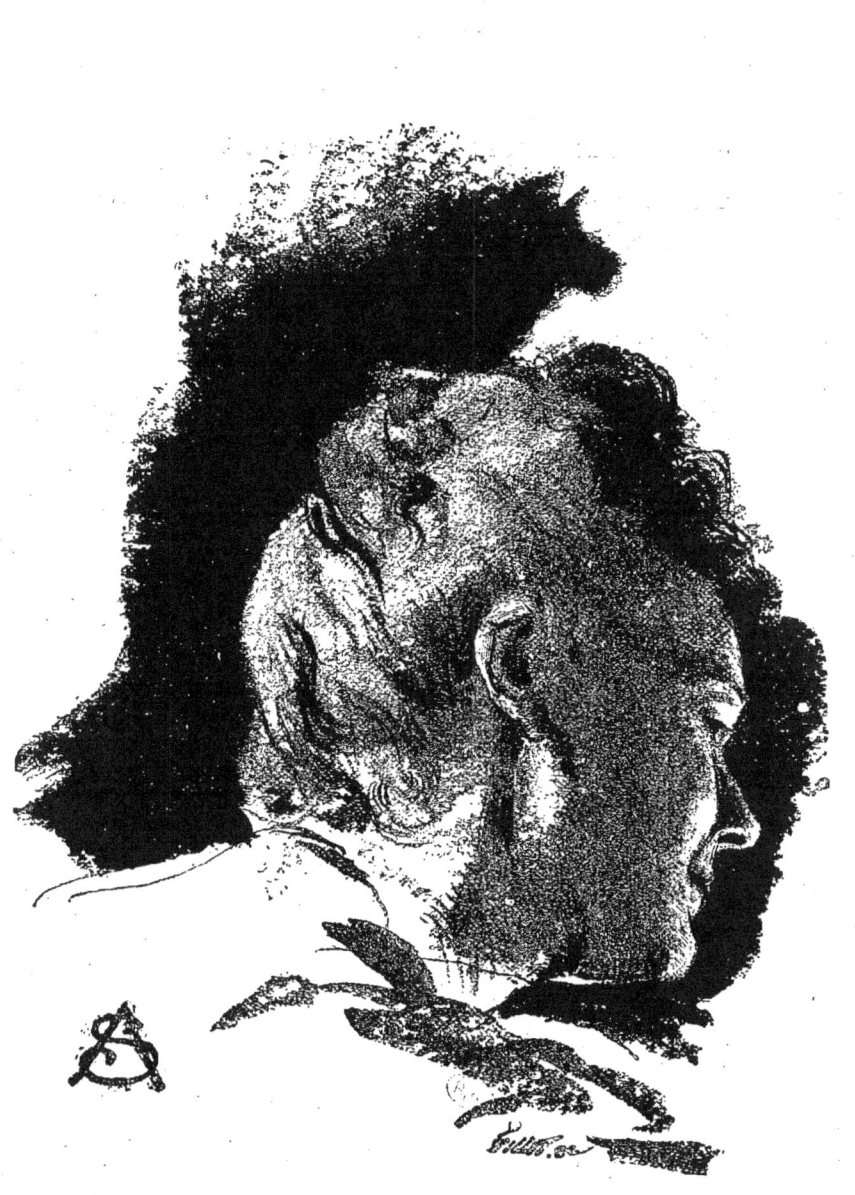

FIG 64. — HÉLIOGRAVURE GILLOT

D'un dessin au lavis d'A. Stevens.

« Le système de gravure paniconographique de
M. Gillot n'emploie que des moyens simples en principe
et tout à fait ordinaires. Avec lui, toute espèce de dessin
quel qu'il soit, pourvu qu'il puisse fournir une épreuve
faite avec de l'encre grasse, peut donner lieu à un cliché
en relief susceptible d'être imprimé typographiquement.
Ainsi les lithographies au crayon ou à la plume, les gravures sur pierre, sur cuivre et sur acier, et même la
gravure lithographique, peuvent, sans aucune retouche
de graveur, être reproduites par le moyen des presses
typographiques. Or, si l'on considère que le dessin sur
pierre n'exige pas un soin plus grand que celui qu'on
est obligé de prendre pour dessiner sur le bois ; que, dans
certains cas, ce soin est peut-être encore moins grand ;
que, par ce procédé, la dépense des bois, qui est si considérable pour les gravures un peu grandes, devient
nulle avec le procédé dont nous parlons ; que l'on peut
extraire d'une planche gravée telle ou telle figure qu'il
convient, et avoir, par ce moyen, des clichés de fragments
parfaitement rendus, avec presque la pureté de la gravure en taille-douce, on comprendra immédiatement les
avantages immenses que le procédé de M. Gillot met
entre les mains de tous ceux qui ont des ouvrages à
publier.

« Le principe du procédé de M. Gillot est d'une simplicité extrême ; mais l'exécution en est assez délicate et
exigeait bien des recherches avant de pouvoir parvenir
aux résultats dont nous venons de parler. Quelques
mots suffiront pour faire comprendre ce principe :

« Qu'on suppose encré, avec une encre suffisamment
grasse, le dessin lithographié ou gravé qu'il s'agit de

FIG. 65. — HÉLIOGRAVURE D'UN DESSIN AU CRAYON
De Ad. Menzel.

reproduire. Rien ne sera plus facile que d'en prendre
une épreuve sur du papier à report; et cette épreuve
ainsi préparée, étant appliquée, avant d'être bien séchée,
sur une planche de zinc bien poncée, bien polie, pourra
fournir, sur ce métal, une contre-épreuve aussi pure que
le dessin sur pierre. Pour obtenir ce dessin en relief, il
s'agira donc de faire mordre toutes les parties de zinc
qui n'auront pas été recouvertes par l'encre de la contre-
épreuve. Or c'est précisément dans cette opération que
gît toute la difficulté ; car l'encre d'imprimerie, par elle-
même, n'offre que bien peu de résistance à l'action des
acides, et surtout d'acides assez énergiques, pour fournir
les reliefs nécessaires à l'impression typographique.
On pourrait croire qu'en ménageant les morsures et en
les faisant successivement, on pourrait, jusqu'à un certain point, résoudre cette difficulté ; mais le problème
est infiniment plus complexe, car le degré de ces morsures devant être différent suivant les teintes du dessin,
il faut nécessairement mettre à l'abri les parties suffisamment préparées après chaque opération. Voici comment s'y prend M. Gillot pour obtenir ce résultat :

« D'abord, pour donner plus de résistance à l'encre
du report, il saupoudre sa planche de fleur de résine
qu'il étend délicatement sur le dessin avec un blaireau,
après quoi il place la planche dans la cuve de gutta-
percha où doit se faire le mordançage.

« Cette cuve doit avoir une disposition particulière,
en raison du mouvement continuel qu'on est obligé de
donner au liquide acidulé pour empêcher la stagnation
des sels formés par l'acide et le zinc, et pour qu'il puisse
réagir d'une manière nette et uniforme sur la planche.

FIG. 66. — MENTON.

Par J. Jacquemart. — Héliogravure d'un dessin à la plume et au crayon.

Cette cuve est disposée en bascule et pivote sur deux coussinets fixés sur le bâti qui la supporte, comme celles employées pour la gravure des rouleaux destinés à l'impression des tissus.

« Le liquide acidulé qu'emploie M. Gillot n'est autre chose que de l'eau acidulée avec de l'acide nitrique. Ce liquide doit être essayé, à chaque opération, au moyen d'une pierre lithographique sur laquelle on jette quelques gouttes. Par le dégagement, plus ou moins rapide, des bulles de gaz acide carbonique qui se trouvent alors formées, il est facile de juger du degré de force du liquide.

« On commence d'abord par une morsure très légère, et cette morsure est destinée à attaquer seulement les petites parties blanches qui existent dans les teintes les plus foncées. Pour la faire, on fait basculer successivement la cuve pendant un temps plus ou moins long, et on achève l'extraction des sels formés par l'action de l'acide nitrique au moyen d'un blaireau. Ordinairement cette première morsure exige un quart d'heure environ. Quand on a jugé la morsure de ces parties claires des teintes foncées suffisante, on retire la planche de la cuve, on l'essuie, puis on la sèche et on la place au-dessus d'un gril échauffé en dessous au moyen de poussier de charbon enflammé, qu'on a soin de répartir également sous de la cendre chaude. Sous l'influence de cet échauffement, la légère couche de résine répandue sur le dessin se fond doucement, ainsi que l'encre, et se déverse dans toutes les petites cavités formées par cette première morsure. Toutefois, comme cette couche n'est un peu épaisse que sur les noirs vifs et les teintes très foncées, ce premier échauffement ne bouche que les petits points

FIG. 67. — VIEILLARD.
Par Masaccio. — Gravure sur bois de Hotelin, réduite par l'héliogravure.

clairs qui se trouvent au milieu de ces teintes. Aussitôt que cet effet est produit, la planche est retirée de dessus

le gril et refroidie à l'air libre; après quoi, on l'encre
parfaitement avec le rouleau lithographique, comme si
on devait en tirer une épreuve. On recommence ensuite
à la saupoudrer de fleur de résine pour la mettre en état
de subir une nouvelle préparation.

« Cette nouvelle préparation doit attaquer les teintes
un peu moins foncées du dessin, et en conséquence elle
doit être un peu plus énergique. L'opération se conduit
exactement comme la première fois; seulement le degré
d'échauffement de la plaque, quand elle est placée sur le
gril, doit être un peu plus élevé; et, comme le dessin
lui-même est plus chargé d'encre et de résine, la fusion
de la couche s'étend davantage, ce qui bouche les cavités
ménagées dans la première opération.

« Après avoir de nouveau encré le dessin et l'avoir
saupoudré, pour la troisième fois, de fleur de résine, on
commence la troisième morsure, qui provoque un nou-
vel échauffement de la plaque, puis une nouvelle fusion
de la couche protectrice, et on recommence de la même
manière quatre, cinq, six, sept morsures, jusqu'à ce que
le dessin ne présente plus qu'une masse noire uniforme,
sans distinction de demi-teintes. Alors on prépare la
planche avec de l'eau acidulée très fortement (une partie
d'acide sur douze d'eau), qui creuse définitivement les
parties complètement blanches. Cette dernière préparation se fait toute seule et dure trois quarts d'heure.

« Quand les blancs occupent sur le dessin une surface
un peu large, on les recouvre de gomme laque liquide
avant la première opération, afin de maintenir davantage la force de l'acide et de donner du soutien au rouleau typographique, lorsque l'on encre la planche après

FIG. 68. — LE CHAR DES MUSES. — Gravé sur bois par Hotelin.

Dessin de Lechevallier-Chevignard.

chaque morsure. On découpe ensuite ces parties à la scie, afin d'appliquer sur le bois la plaque de zinc qui est devenue un cliché.

« Maintenant on comprendra quel soin il faut appor-ter à l'action du mordant, pour que toutes les lignes dé-licates, les teintes faibles et les parties fines d'un dessin soient suffisamment ménagées, et c'est en cela surtout que M. Gillot a fait preuve d'une habileté rare, qui éloi-gnera de lui, d'ici à longtemps, les contrefacteurs.

« Aujourd'hui le système de gravure paniconogra-phique n'est plus à l'état de simple innovation, il con-stitue une véritable branche d'industrie à laquelle ont recours plusieurs publications françaises et anglaises. Mais une chose curieuse à constater, c'est en Angleterre que ce procédé est le plus connu et le plus recherché. Toutefois, les avantages de ce système se sont plutôt fait remarquer au point de vue industriel des publications qu'au point de vue artistique.

« Les avantages de la paniconographie que nous avons énumérés ne sont pas les seuls. On peut, par son moyen, obtenir des planches avec des corrections ou des addi-tions que l'on ne voudrait pas faire intervenir dans la planche mère.

« Bien plus, on a pu faire revivre des gravures dont les planches étaient usées, en refoulant celles-ci et en engraissant convenablement l'épreuve de report. D'un autre côté, on a pu reproduire les types de la chromo-lithographie, de manière à reproduire typographique-ment des dessins coloriés. M. Desjardins, qui est par-venu à reproduire, à s'y méprendre, les aquarelles et les dessins des artistes en renom, compte bien tirer parti de

la paniconographie pour rendre son procédé moins dis-
pendieux et en faire profiter le public.

« Enfin il n'est pas jusqu'à la reproduction des auto-
graphes, des modèles d'écriture et des cartes géographi-
ques qui ne puisse profiter
avantageusement de cet art
nouveau. »

Depuis 1858, époque à
laquelle M. Th. du Moncel
présentait son rapport, la paniconographie a fait de grands
progrès, grâce aux efforts de
l'inventeur M. Gillot, de
M. Lefmann et de MM. Yves
et Barrett, etc. Les gravures
de *la Vie Parisienne* et du
Charivari fournissent d'excellents spécimens de ce procédé : combiné avec l'héliogravure, dont nous parlons
plus loin, il donne des résultats plus parfaits de jour en
jour : l'avenir lui appartient.

FIG. 69. — BIJOU.

Par Froment-Meurice. — Gravure
sur bois.

Chimitypie. — Ce pro-
cédé a été découvert à l'imprimerie impériale de
Vienne. Un dessin tracé à la pointe sur une plaque de
zinc est mordu à l'eau-forte affaiblie de manière à
l'avoir en creux uniforme et lisse. Sur la planche verni,
on répand de la limaille d'un métal fusible à une faible
température, puis on expose sur un réchaud. Le métal

en fusion remplit les sillons du dessin; on laisse refroidir, puis on enlève au frottoir le métal répandu à la surface de la planche ; les sillons seuls restent garnis,
comme dans le procédé de la niellure. On fait mordre
enfin à l'acide chlorhydrique, qui, attaquant le zinc
seulement, produit une gravure en relief du dessin.

Chrysoglyphie. — Au lieu de métal, prenez un
mastic inattaquable aux acides et garnissez-en les creux
d'une eau-forte ou même d'une gravure au burin ; net-
toyez et faites mordre de nouveau, vous aurez comme
dans le cas précédent une gravure en relief. Le procédé
du mastic appartient à MM. Firmin-Didot frères : le
nom de chrysoglyphie vient de ce que la planche de
cuivre est recouverte d'abord d'une couche d'or qu'on
enlève en dernier lieu.

La *Chalcographie* de M. Heims, de Berlin, repose
sur les mêmes principes : gravure en creux transformée
en relief par des actions chimiques.

La galvanoplastie permet d'obtenir un cliché en
relief de tout dessin qui aura été tracé en creux sur une
couche molle quelconque, cire ou vernis, puis enduite
de plombagine pour faciliter la séparation du dépôt
métallique effectué par la pile. Les procédés Palmer,
Boslay, Danfil, etc. reposent sur cette donnée générale.

Dans la *styrographie,* on a l'avantage de dessiner
comme sur papier, c'est-à-dire de voir apparaître le
dessin en noir. La planche est formée d'un bloc composé de copal, stéarine, gomme gutte et noir de Franc-

fort, blanchi à la surface avec de la poudre d'argent. La galvanoplastie fournit un cliché en relief du dessin tracé à la pointe, et ce cliché par une opération inverse de clichage fournit, si l'on veut, une planche qui s'imprime en taille-douce.

M. Jones a imaginé de dessiner sur une plaque d'acier avec une *pointe* fortement *aimantée*, puis d'y répandre de la limaille de fer; celle-ci adhère si fortement au dessin qu'il est possible d'en opérer le tirage au moyen d'une presse lithographique, en se servant de papier contenant des produits chimiques susceptibles de *marquer* tous les points de contact avec le fer; c'est-à-dire les traits du dessin.

Les pantélégraphes Caselli, Meyer et autres utilisent les courants magnétiques ou électriques pour décomposer des papiers chimiques et obtenir ainsi la reproduction des dépêches.

Gravure à la gutta-percha de M. Defrance. — Etant donné un dessin fait sur papier transparent, on fixe ce dessin du côté de l'*endroit* sur une planchette au moyen de *punaises* [1], puis on recouvre l'envers d'une couche de gélatine d'environ 1/2 millimètre d'épaisseur. Un calque du dessin, qui apparaît par transparence, est tracé dans la gélatine au moyen d'une pointe ordinaire ; on recouvre alors la surface du calque d'une couche assez épaisse (1/4 mill.) de gutta-percha dissoute dans le sulfure de carbone, et quand elle est bien sèche on y applique

---

1. Les punaises sont de petits clous à large tête.

une planche de cuivre pour consolider l'ensemble. Cela fait, on retourne le bloc et on retire successivement : 1° la planche de bois, 2° le dessin original, 3° la couche de gélatine, qui s'enlève bien si l'on se sert avec lenteur d'une éponge mouillée. Reste la gutta-percha reposant sur la plaque de cuivre, et portant à sa surface un dessin *en relief* du calque. Après avoir recouvert cette surface de plombagine, il est facile d'en obtenir un cliché-cuivre par la galvanoplastie. Ce cliché sera naturellement une *gravure en creux,* et on pourra le multiplier à volonté, en répétant l'opération de la galvanoplastie sur le moule en gutta-percha.

Cet ingénieux procédé, inventé par M. Defrance, dessinateur au Dépôt de la Guerre, se recommande par les excellents résultats qu'il fournit, surtout pour les travaux simples, comme une carte géographique.

Procédé pour reproduire un dessin au crayon. — Il suffit d'humecter d'une solution acidulée la feuille de papier sur laquelle le dessin est tracé : de ce fait, la partie dessinée devient apte à recevoir l'encre d'imprimerie, à l'exclusion des parties blanches; l'on peut donc en tirer une épreuve à report et la transporter sur pierre ou sur métal. Ce procédé a été expérimenté, en Russie, par M. Villain-Villanis. Il présente le même inconvénient que celui de M. Vial pour la reproduction des gravures et des dessins, c'est-à-dire que l'original est fort compromis par ces manipulations chimiques et autres.

Gravure en relief sur pierre. — C'est là une forme de gravure très ancienne, mais son application à la

FIG. 70. — Mme RÉCAMIER.

Héliogravure. — D'après une eau-forte de Gérard.

production d'estampes ne remonte guère qu'aux premières années de ce siècle. Senefelder, l'inventeur de la lithographie fit alors des essais sérieux, qui furent répétés et perfectionnés par Duplat, Frère de Montezon, Girardet, Knecht et Louis Tissier. Les procédés étaient du reste, à peu de chose près, les mêmes que ceux dont on se sert dans la gravure sur métal : le dessin était tracé ou reporté sur une pierre lithographique et l'on faisait mordre par les acides. Ce que nous avons dit antérieurement des systèmes usités dans la gravure sur métal nous dispense d'insister davantage.

Machines à graver. — Comme nous nous occupons surtout de l'art de la gravure au point de vue des procédés employés par les artistes graveurs et des systèmes qui permettent la reproduction des dessins et des estampes en *fac-similé*, nous passerons rapidement sur les travaux de gravure dont l'exécution est purement mécanique. Ils sont, en général, recommandables par leur aspect propre, égal et tranquille, mais ils pèchent par l'uniformité ; il leur manque cette empreinte de la main humaine qui seule est capable de vivifier les œuvres d'art. On ne les utilise guère, du reste, que pour les planches d'architecture où les teintes plates et les lignes rigides trouvent leur emploi tout naturel.

Je ne parlerai donc que de l'invention de M. *Collas,* qui permet de graver mécaniquement les objets en relief avec une précision suffisante et un certain charme d'aspect. C'est le procédé par excellence pour reproduire les monnaies, les médailles, les plaquettes de métal et généralement tous les bas-reliefs.

Les procédés de M. Collas ont été tenus secrets, nous ne pourrions par conséquent les décrire; ils dérivent évidemment du même principe que le *diagraphe* et le *pantographe,* qui servent à donner en petit la repro-

FIG. 71 — COSME L'ANCIEN.
Héliogravure d'une médaille gravée par le procédé Collas.

duction d'un objet plus grand; c'est-à-dire que le dessin est tracé ou creusé par une pointe suivant et répétant d'un mouvement automatique et synchronique, tous les mouvements qu'effectue un curseur auquel on fait parcourir la surface du modèle en relief.

Au moyen de la machine Collas on produit une

gravure en lignes qui ne se croisent jamais, et d'une égale épaisseur : leur écartement plus ou moins grand et la course qu'elles décrivent déterminent les ombres et la forme de l'objet reproduit.

Quant aux machines à graver qui appartiennent aux métiers du tourneur et du guillocheur, nous n'avons pas à nous en occuper dans ce livre.

GRAVURE SUR VERRE
NIELLES. — DAMASQUINERIES.
PIERRES GRAVÉES.

FIG. 72. — MÉDAILLON.
Gravé sur bois.

Une surface de verre peut être gravée, comme une planche de cuivre, au moyen des acides et particulièrement de l'acide fluorhydrique, qui agit sur les parties dénudées du verre. La découverte de cette propriété de l'acide fluorhydrique remonte à une quarantaine d'années. Autrefois on gravait à la roue.

Dans les creux de la gravure exécutée à l'acide, et que l'artiste a pu retoucher au burin, on peut effectuer le dépôt de toutes sortes de matières colorantes, métaux, émaux, verres de couleur, par les procédés d'incrustation qui sont usités sur plaques métalliques. La gravure sur verre permet donc d'appliquer à cette substance des ressources décoratives variées à l'infini.

On fait aussi de la même manière des planches

destinées à l'impression ou servant de matrices à clichés galvaniques.

On a trouvé récemment une manière nouvelle et assez originale de graver le verre, la pierre et peut-être les métaux eux-mêmes : c'est ce que l'on appelle la *gravure au sable*.

FIG. 73. — MARo.

Nielle de Nicoletto de Modène.

Tilghmann, de Philadelphie, ayant observé que les carreaux des fenêtres exposées au vent de la mer se dépolissaient rapidement, eut l'idée de graver le verre artificiellement en projetant du sable à sa surface au moyen d'un fort courant d'air. Ayant recouvert une plaque de cette substance d'un châssis en fer où étaient découpées des figures et des lettres, il l'exposa à un courant d'air tenant du sable en suspension et projeté au moyen d'une soufflerie ; en peu de temps le verre fut dépoli aux places non protégées par le châssis et le dessin se trouva nettement découpé. Pour des travaux sans relief, une soufflerie de 0ᵐ,10 de pression d'eau, agissant pendant dix secondes, suffit ; avec une pression plus forte, en remplaçant l'air par de la vapeur, on peut produire une force énorme. Le verre, les pierres les plus dures et même les plaques métalliques se laissent entamer à des profondeurs considérables.

Le caoutchouc, la gélatine et en général tous les corps élastiques protègent efficacement le verre contre l'action du sable ; le vernis des aquafortistes se pré-

sente certainement dans les mêmes conditions; il est
donc possible de substituer le sable à l'eau-forte; il
aurait sur les acides la supériorité d'agir en profondeur,
avec une netteté parfaite. Inutile de dire qu'on peut prendre une empreinte et faire un
cliché en relief des gravures
creusées par le sable.

MM. Pill et Kessler ont
perfectionné certains procédés
de gravure sur verre ; mais
comme ils ont trait plus spécialement à l'industrie du décor
sur verre, nous croyons devoir
nous dispenser de les décrire.

Nous observerons la même
réserve au sujet de la *niellure*.

Nous nous bornerons à dire
que c'est l'art d'incruster des sul-
fures métalliques dans les traits
d'une gravure faite sur argent
ou sur d'autres métaux. Le pro-

FIG. 74. — LE TIREUR
D'ÉPINE.

Nielle par Nicoletto de Modène.

cédé de gravure n'a en lui-même rien de particulier;
quant au dépôt du sulfure, il s'exécute à froid : quand
les traits ont été bien remplis au moyen d'une spatule,
on transporte la pièce garnie dans un four chauffé suffisamment pour que le sulfure entre en fusion ; on
laisse refroidir et on polit la plaque jusqu'à ce que la
gravure seule reste chargée du sulfure, qui la fait apparaître en noir sur fond blanc, s'il s'agit d'une plaque
d'argent.

La première estampe tirée d'une gravure en creux
sur métal est, disions-nous, une épreuve de nielle. « Coïn-
cidence merveilleuse ! La gravure, qui est l'imprimerie
des beaux-arts, fut découverte au moment où l'on inven-
tait l'imprimerie, qui est la gravure des belles-lettres.
Le moyen de populariser les œuvres de l'artiste naquit
dans le même temps que le moyen de propager les
pensées du poète et du philosophe. Oui, en l'année 1452,
à peu près à l'époque où Gutenberg et Faust impri-
maient à Mayence leur première Bible latine, dite *à
quarante-deux lignes,* le Florentin Maso Finiguerra
créa les premières estampes en prenant des empreintes
sur une patène d'argent qu'il avait gravée pour l'é-
glise de Saint-Jean-Baptiste, à Florence. Comment il
fut amené à sa découverte et en quoi elle consistait,
c'est ce qu'il importe d'expliquer.

« Comme tous les orfèvres de son temps, Finiguerra
ornait de dessins gravés en creux ses ouvrages d'orfèvrerie, tels que poignées d'épée, coffrets, coupes, calices,
reliquaires, patènes. Ces ornements délicats exécutés en
petit — les plus grands ont, par exception, 10 centimètres — s'appellent en Italie *nielli* et en France
nielles. Ce nom vient du latin *nigellum*, noirâtre,
et voici pourquoi on l'avait appliqué aux gravures
exécutées par des orfèvres. Lorsque l'artiste avait
terminé son travail, il répandait dans le creux de
sa gravure une sorte d'émail noirâtre, dont la composition est soigneusement décrite par Benvenuto Cel-
lini dans son traité de l'orfèvrerie. Une fois entré
dans les sillons de la gravure, cet émail la rendait
nettement visible en creusant le dessin qui se détachait

en noir sur le ton clair du métal. Mais comme toute
retouche était impossible après que le nielle, mis en
fusion, avait été coulé dans les tailles, l'orfèvre, avant de
procéder à cette opération dernière, prenait une ou
plusieurs empreintes avec de l'argile pour se rendre
compte de son travail et pouvoir le corriger au besoin sur l'argile; la gravure se présentait en relief et
dans le sens opposé, c'est-à-dire que si, par exemple, une
inscription était tracée dans l'original, de droite à gauche, elle se trouvait, dans l'empreinte, de gauche à
droite. Maintenant, pour voir son travail comme il
l'avait vu sur la planche niellée, l'orfèvre coulait du
soufre sur l'argile et, après avoir coloré avec du noir
de fumée les sillons du soufre, il en tirait une épreuve
en sens inverse, une *contre-épreuve*, qui rétablissait à
ses yeux la gravure dans son véritable sens, remet-
tant de droite à gauche l'inscription qui s'offrait, dans
l'épreuve, de gauche à droite.

« Ces procédés en usage, Finiguerra les avait employés lorsqu'il grava pour l'église de Saint-Jean-
Baptiste, à Florence, une de ces patènes auxquelles on
donnait le nom de *paix*, parce qu'elles étaient destinées
à recevoir le baiser de paix dans les cérémonies reli-
gieuses. Après avoir tiré en soufre deux empreintes, Finiguerra eut l'idée d'en tirer une sur la planche d'argent
avec du papier humide qu'il pressa au moyen d'un rouleau, *con un rullo tondo*, dit Vasari, et l'épreuve ainsi obtenue fut la première estampe d'une gravure en creux ! » [1]

[1]. Charles Blanc, dans la *Gazette des Beaux-Arts*, t. XXI, première période, p. 334.

L'art du *Damasquineur* ressemble à la niellure et le procédé de gravure sur métal n'a rien de spécial; ce qui le constitue avant tout, c'est un ensemble de procédés, dont l'examen n'a pas à être fait ici, pour incruster dans les traits de la gravure des fils métalliques d'une matière et d'une coloration différentes.

Quant aux *pierres gravées,* que ce soit en creux ou en relief, elles sont du domaine de la sculpture.

GRAVURE EN COULEUR

Nous avons déjà parlé de divers procédés employés pour produire les estampes imprimées en couleur connues sous le nom de *camaïeux ;* sous la rubrique de gravure en couleur, nous comprendrons des procédés analogues quant aux résultats, mais qui en diffèrent par la nature du travail et par le caractère de la gravure. Il s'agira ici à la fois de planches gravées en creux et de planches gravées en relief.

Lastman, le maître de Rembrandt, passe pour être l'inventeur de l'impression en couleur de planches gravées en creux ; plus tard, un peintre allemand du nom de Leblond tenta d'appliquer à cette impression la théorie de Newton sur les couleurs ; c'est-à-dire de reproduire tous les tons de la peinture en employant seulement les trois couleurs dites primitives : le jaune, le bleu et le rouge.

A la même époque, le graveur Gautier fit à Paris des tentatives dans le même sens, en adjoignant une quatrième couleur, le noir. Il gravait quatre planches d'après le même objet, l'une contenant toute la gamme des noirs et des gris et le dessin de l'image, les autres reproduisant chacune la gamme de l'une des trois couleurs primitives. « Je passe d'abord, écrivait-il à un membre de l'Académie, en 1753, sous la presse la pre-

mière planche, qui fait sur le papier une espèce de lavis
à l'encre de la Chine; ensuite, je passe ma planche bleue,
qui, avec le secours de la précédente, fait un camaïeu
noir et bleu, dans lequel on trouve le noir, le bleu, le
blanc, le gris, le gris bleu, le bleu sale et une grande
quantité d'autres teintes composées de ces couleurs.

« Je passe sous la même feuille la planche jaune,
qui fait, avec les teintes précédentes, le jaune, le vert
clair, le vert brun, le vert céladon, le vert d'olive, etc.;
elle fait encore, avec le secours des teintes noires primitives, les terres brunes, les jaunes sales, etc. Après, je
passe ma planche rouge, laquelle produit le rouge, et
avec les teintes des trois autres, les pourpres, les oran-
gés, les gris de lin, les couleurs roses, les bruns rouges,
les terres d'ombre, les terres de Cologne, et une infinité
d'autres teintes que les couleurs n'ont jamais produites. »

Les résultats obtenus par Gautier ne tinrent pas
entièrement toutes les promesses du prospectus que
l'on vient de lire. Sa théorie, vraie en principe dans une
certaine mesure, venait se heurter contre des difficultés
de pratique que de nos jours même l'on n'a pu surmonter : la principale consiste dans la difficulté d'avoir des
encres de couleur assez transparentes pour que de leur
superposition naissent toutes ces teintes mixtes que
Gautier énumérait si complaisamment.

Quant aux procédés de gravure applicables à l'objet
dont nous nous occupons, ils ne diffèrent pas de tous
ceux que nous avons analysés en parlant de l'eau-forte;
on emploie cependant, de préférence aux tailles et au
travail de la pointe, la gravure au lavis, à l'aquatinte,
au berceau, l'héliogravure surtout; en un mot, tous les

FIG. 75. — HÉLIOGRAVURE.

D'après une gravure sur bois d'un livre japonais.

systèmes qui permettent d'obtenir des tons variés, fon-
dus et homogènes.

Il faut que le calque soit fait avec le plus grand soin
et reporté sans altération sur les planches de couleur.
Une invention récente permet d'atteindre commodément
ce premier résultat : on peut en effet photographier
directement sur le cuivre recouvert d'un vernis sensible
l'objet lui-même à reproduire ou le calque du dessin.
Le cliché négatif du photographe fournira autant
d'épreuves positives que le graveur en désirera sur des
planches préparées.

Ce n'est pas là le seul service que la photographie
s'offre à rendre aux graveurs de planches en couleurs;
grâce aux progrès de l'héliogravure, on peut se passer
de tout autre collaborateur qu'elle, à commencer par le
graveur. Nous verrons en effet, en parlant de la photogravure, qu'il est possible d'obtenir successivement et à
part un cliché du bleu, du jaune et du rouge, d'après
un tableau quelconque; on sait également convertir ce
cliché photographique en cliché gravé en creux, se prê-
tant facilement aux tirages ordinaires de la gravure en
taille douce. Le problème est donc résolu, et le procédé
héliographique a sur les autres cette supériorité qu'il
reproduit l'objet avec une fidélité plus grande : s'agit-il
d'un tableau, les touches mêmes du pinceau sont rendues d'une manière perceptible. D'autre part, les inconvénients ne manquent pas; nous les signalerons dans
le chapitre relatif à la *Photographie en couleurs;* il est
donc inutile d'y insister en ce moment.

La gravure sur bois donne d'excellents résultats
pour l'impression en couleurs, quand on sait s'en ser-

vir. Les Anglais sont passés maîtres dans l'application
du procédé; nous leur devons quelques minutes d'attention.

Il faut reconnaître d'abord l'incontestable supériorité des artistes qu'ils emploient, notamment à l'illustration de livres pour l'enfance. Walter Crane, Calde-
cott, miss Kate Greenaway sont d'incomparables dessinateurs dans cette spécialité.

Leurs délicieuses images ont une telle fraîcheur de
sentiment, une tournure si naïve et en même temps si
élevée au point de vue de l'art, qu'on reste surpris et
charmé: il y a là des théories de bambins, aux grâces
enfantines étonnamment observées et rendues, qui se
déroulent à travers de frais paysages indiqués en quelques traits avec un goût exquis. C'est du réalisme de la
bonne marque, à la façon de celui qui impressionnait
les primitifs de la peinture.

La couleur joue un grand rôle dans tous ces aima-
bles livres; nous allons dire quelques mots des procédés au moyen desquels on obtient des effets dont les
peintres sont les premiers à s'étonner. Mais auparavant
nous devons signaler à l'attention d'autres noms d'artistes qui, sans égaler ceux que nous venons d'étudier,
ont, à un haut degré, l'entente du sujet et de l'exposition pour des travaux de cette sorte: MM. Sowerbey,
H.-H. Emmerson, les frères Dalziel, M. Swan, graveurs,
MM. E. Pym et Hopkins.

L'expérience le prouve: qu'il s'agisse de lithochromie, de chromotypographie, comme dans ces livres
anglais, ou d'impression en couleur au moyen de planches en creux (les fameuses estampes de Debucourt sont

ainsi faites), c'est à la simplicité des moyens qu'on doit
l'excellence des résultats. Nous sommes ici dans le
domaine des arts décoratifs; l'idéal à poursuivre pour
les rattacher au grand art, aux arts *nobles*, n'en est pas
moins fort haut placé, puisqu'on peut prétendre à donner tous les effets de la peinture à fresque. Avec un
dessin en noir, cernant la forme et marquant d'un
trait net et précis la *place* des draperies et des accessoires, dessin complet, en somme, puisqu'il n'omet
aucune des indications essentielles, on aura le sens de
la chose et l'esprit de l'auteur: c'est l'affaire d'une planche gravée en bois, dans le cas qui nous occupe. Le
reste, les planches en couleur, n'ajoute rien à l'image,
si ce n'est un charme de plus; il ne faut pas en abuser
comme nombre, ni surtout vouloir leur faire rendre
plus qu'elles ne peuvent donner : des tons plats, francs,
n'empiétant les uns sur les autres que pour produire
par superposition les tons mixtes; vouloir les modeler
en gravant une planche de couleur comme on grave un
dessin noir estampé, c'est poursuivre inutilement une
imitation impossible de la peinture à l'huile; le résultat le plus sûr sera d'enlever aux épreuves cette vivacité,
cette fraîcheur de bariolage qui, par le charme, rappelle
les images japonaises.

Est-il bien nécessaire de dire à nos lecteurs comment
sont imprimés les livres en couleur des Anglais? Ils
savent déjà qu'il s'agit de faire passer successivement la
même feuille de papier sur des planches où sont gravés
en relief : sur celle-ci, le dessin qui sera imprimé en
noir, en même temps que le texte; sur chacune des
autres, un des tons employés. Des traits pleins ou sur-

FIG. 76. — LA CHARITÉ.

Bronze du XVIᵉ siècle. — Gravure sur bois.

coupés marquent dans chacune des planches la place occupée par un ton déterminé sur la maquette, peinte à l'aquarelle, dont le dessinateur a confié la traduction au graveur; le reste de la planche est évidé, il ne prendra pas l'encre de couleur que cette planche est chargée de déposer sur le papier. Autant de clichés et par conséquent d'impressions qu'il y a de couleurs : lorsque deux ou plusieurs planches sont gravées en des points correspondants de leurs surfaces, comme elles déposent chacune leur encre aux mêmes points, il en résulte des tons mixtes qui enrichissent la palette de l'image sans multiplier les impressions.

La difficulté est de repérer au tirage, c'est-à-dire de faire en sorte que la feuille de papier vienne s'appliquer exactement à l'endroit voulu, toujours le même, quel que soit le nombre des tirages. Mais l'imprimerie moderne se joue de ces difficultés matérielles. Le *Livre d'Esther*, qui vient d'être édité par MM. Hachette, présentait d'autres difficultés avec son format grand in-folio ; on n'est pas moins parvenu à repérer, recto et verso, un double filet rouge qui encadre les pages.

Avant de terminer, nous demandons à insister sur un point qui nous touche fort dans notre amour-propre national. Il faut l'avouer, nous ne produisons pas en France de livres en couleur comparables à ceux des Anglais. Ce ne sont pourtant pas les dessinateurs habiles qui nous manquent, ni les graveurs, ni les imprimeurs, et certainement le public ne demanderait qu'à suivre. Cette fâcheuse situation n'est pas nouvelle. Déjà au xviiie siècle Cochin avouait que l'art de la *mezzo tinte* n'était pratiqué supérieurement qu'en Angleterre. Janinet ne tardait pas, il est vrai, à démentir cette assertion, avec son portrait de Marie-Antoinette (1774), très supérieur à tout ce qu'on avait tenté dans ce genre depuis Lastman, le maître de Rembrandt, Leblond et Gautier,

FIG. 77. — GRAVURE SUR BOIS.
D'après une eau-forte de Karel Dujardin.

les inventeurs de la gravure en couleur, ou du moins les rénovateurs, car l'impression en *camaïeu* (voir le chapitre consacré à ce genre de gravure) est presque aussi ancienne que la découverte de Gutenberg. Ajoutons avec MM. de Goncourt que Debucourt a pratiqué cet art si compliqué avec la science d'un maître.

Ce qui nous manque aujourd'hui, c'est un artiste,

comme Debucourt précisément, qui sache comprendre
la manière de traiter les dessous, le dessin, la planche
en noir.

Quant aux graveurs, ils ne nous manqueront pas,
le jour où nous aurons trouvé un dessinateur capable
de diriger leur travail dans un sens convenable et de
les contraindre à ne faire que le nécessaire.

Les héliograveurs essayent de leur côté. M. Gillot,
notamment, vient d'obtenir des résultats fort remarquables, par des procédés analogues à ceux que nous
décrivons en parlant de ses héliogravures en noir et de
la *photographie en couleurs.* Chaque ton est héliogravé
à part sur planche séparée mise en relief par la morsure
aux acides. Le fond est ajouré, pour répondre aux exigences du tirage typographique, soit automatiquement
en se servant pour les dessins de papiers grenés ou
gravés à la machine, soit, après coup, par des procédés
mécaniques.

LA PHOTOGRAPHIE

PROCÉDÉS DE GRAVURE QUI EN DÉRIVENT

La photographie fournit un cliché, c'est-à-dire un moyen mécanique de multiplier les épreuves d'une image; elle doit donc être comprise dans ce livre. Cependant, comme nous nous sommes attaché à n'admettre dans le cadre de nos études que les procédés de gravure qui ont pour accessoire obligé l'emploi de l'impression pour la production des estampes, nous envisagerons seulement la photographie dans ses rapports avec la gravure proprement dite, c'est-à-dire en tant que moyen de formation d'une plaque gravée dont on peut obtenir des épreuves, sans qu'il soit nécessaire de recourir aux moyens chimiques, à l'action de la lumière.

La découverte de la photographie est une des plus considérables du siècle; nous ne croyons pas devoir passer sous silence l'histoire de ses origines, mais nous ne nous y attarderons pas.

L'honneur des premiers essais revient à un Français, Nicéphore Niepce, et à deux Anglais, Wedgwood et Dawy. Depuis longtemps, on avait remarqué que le papier imprégné de nitrate d'argent (pierre infernale) noircissait à la lumière du jour. L'idée vint d'interposer des objets entre la lumière et une feuille de papier préparé au nitrate d'argent; il en résulta une silhouette blanche de ces objets sur le fond noirci du papier; des feuilles de lierre, par exemple, posées sur le papier, y laissaient une empreinte assez fidèle de leurs contours et de leurs nervures. Wedgewood obtint même, en 1833, des copies de dessins sur verre, en lignes blanches sur fond noir; notons en passant que son procédé est appliqué de nouveau aujourd'hui avec des perfectionnements qui l'ont mis en grande vogue.

Puis Wedgewood chercha à reproduire l'image de la chambre noire. On sait que si l'on produit dans une chambre une obscurité complète, il suffit de percer un petit trou à l'un des volets pour que les rayons de la lumière viennent dessiner sur la paroi opposée l'image des objets extérieurs. En plaçant une feuille de papier préparé au point de cette paroi où se formait l'image, Wedgewood essaya d'en obtenir l'impression visible, mais il n'y réussit pas. Il fallait trouver un corps plus sensible encore que ne l'est le nitrate d'argent à l'action de la lumière.

Nicéphore Niepce fit cette importante découverte, et du même coup établit une propriété nouvelle de certains corps soumis à l'action des rayons solaires, propriété

qui devait servir de base à toutes les recherches auxquelles
l'héliogravure a donné lieu. Le bitume de Judée, sorte
de substance noire que l'on trouve, notamment, sur les
bords de la mer Morte et de la mer Caspienne, jouit

d'une double propriété : d'une
part, il est très sensible à la
lumière, et, de l'autre, il cesse
d'être soluble dans les huiles
essentielles dès qu'il a été impressionné par elle. Voyons
ce qu'il peut résulter de cette
découverte.

On prend une plaque de
métal et on y étend, dans l'obscurité, une couche de bitume
de Judée dissous dans de l'essence de térébenthine ou de
lavande. Si l'on chauffe légèrement cette plaque ainsi préparée, l'essence en s'évaporant
laisse à la surface une mince
couche de bitume. Transpor-
tée au foyer de la chambre
noire, la plaque reçoit l'impression de la lumière que lui

FIG. 79. — BIJOU.
Par Froment-Meurice. — Gravure
sur bois.

renvoient les objets extérieurs dont l'image se forme à
ce foyer : le bitume est désormais imprégné pour ainsi
dire de l'image, mais à l'état latent, car sa coloration n'a
nullement changé. Que l'on vienne maintenant à trem-
per la plaque dans de l'huile de lavande, toutes les
parties du bitume qui n'ont pas été impressionnées s'y

dissolvent, et il ne reste en place que les parties où la lumière a exercé son action, c'est-à-dire la place des clairs; la plaque est donc mise à nu en certaines parties de sa surface qui représentent les ombres de l'image.

La première idée de Niepce fut d'appliquer cette singulière propriété du bitume de Judée à la gravure; devant une plaque préparée comme on vient de le voir, il plaçait une feuille de papier sur laquelle un dessin était tracé. La lumière, passant à travers les parties blanches de cette feuille, venait frapper le bitume et le rendre insoluble aux points correspondants. Tous les autres points, c'est-à-dire le tracé du dessin, disparaissaient ensuite dans le bain d'huile de lavande, laissant le cuivre à nu, et l'on pouvait faire mordre, au moyen des acides, la plaque protégée par son bitume insoluble agissant à la façon du vernis des aquafortistes.

Dans l'héritage de Niepce on a trouvé de ces plaques qu'il nommait héliographies : certaines dataient de 1826.

C'est en 1829 que Niepce unit ses efforts à ceux de Daguerre, et tous deux travaillèrent en commun jusqu'en 1833, époque où mourut le premier de ces chercheurs. Daguerre poursuivant ses travaux eut le bonheur de les mener à bonne fin. D'abord il trouva une combinaison chimique très sensible à la lumière; des plaques d'argent soumises aux vapeurs d'iode se recouvrent d'une mince couche d'iodure d'argent sur laquelle une image très fine se forme dans la chambre noire. La diffficulté était de fixer cette image; le hasard vint en aide à Daguerre, et le problème fut enfin résolu dans ses conditions les plus essentielles. Une capsule pleine de mercure oubliée dans une armoire où se trouvaient des

plaques insuffisamment impressionnées en apparence,
c'est-à-dire qui ne trahissaient à la vue aucune image,
donna le mot de l'énigme : sous l'influence des vapeurs

FIG. 80. — HELIOGRAVURE.

D'après une estampe de Hills.

mercurielles, le dessin apparut nettement sur ces plaques
de rebut, et, pour l'y fixer, il suffit d'enlever dans un
bain d'hyposulfite de soude l'iodure d'argent encore

soluble, c'est-à-dire les parties de la plaque non protégées par un dépôt de gouttelettes mercurielles. La daguer-réotypie était fondée ; elle fit rapidement le tour du monde, grâce à la générosité de l'inventeur, qui ne voulut pas prendre de brevet, et livra le secret de tous ses procédés opératoires.

Nous n'avons pas à raconter par quelles transformations successives a passé l'invention de Daguerre avant d'arriver aux résultats surprenants que donne la photographie, telle qu'on la pratique aujourd'hui. Nous nous bornerons à conduire nos lecteurs dans un atelier moderne de photographe et à les initier aux opérations essentielles qui s'y pratiquent.

Il est important d'abord de savoir comment on est parvenu à faire de la photographie un art reproducteur, analogue dans une certaine mesure à l'art de la gravure, puisqu'il permet d'obtenir un nombre illimité d'épreuves d'une même plaque sur laquelle le soleil a rempli l'office de graveur.

Le papier sensible, inventé par Talbot deux années après la découverte de Daguerre, donne ce que l'on appelle une image *négative*, c'est-à-dire que les parties claires du modèle y sont traduites en noir et *vice versa*. Pour obtenir l'image *positive*, c'est-à-dire exactement correspondante aux colorations du modèle, il suffit, après avoir placé le négatif au-dessus d'une seconde feuille de papier sensible, d'exposer le tout à la lumière. Les blancs seuls du négatif laissant passer les rayons, cette seconde feuille ne sera impressionnée, c'est-à-dire noircie, qu'aux points correspondants à ces blancs du négatif ; l'image qui en résultera sera donc dans

des conditions inverses de la précédente, et cette trans-
position radicale des colorations nous permet de la voir
dans son aspect positif : les ombres et les lumières ont
repris leur place naturelle.

FIG. 81. — LOUIS XIV.
Par Pierre Puget. — Gravure sur bois.

On évalue au chiffre de trente-six le nombre des
opérations par lesquelles est obtenue de nos jours une
image positive. Nous allons les résumer en quelques
lignes.

Le photographe opère dans l'ombre, ou plutôt dans
une chambre éclairée par une lumière inactive. Les
rayons jaunes du spectre solaire n'impressionnent pas,
ne sont pas photogéniques ; le cabinet de manipulation

sera donc éclairé par des vitres jaunes. Les premières
manœuvres sérieuses consistent dans la préparation de
la plaque destinée à jouer le rôle de négatif; cette plaque
de verre, bien polie et bien essuyée, est recouverte d'une
couche de collodion (solution de coton-poudre dans
l'éther), puis on la plonge dans un bain contenant une
solution d'argent, où elle acquiert la propriété d'être
sensible à la lumière. Ainsi préparée, on l'enferme dans
un châssis de bois, sorte de chambre noire portative
qui la soustrait à l'influence de la lumière.

Entre temps, le photographe s'est occupé de faire
poser son modèle dans l'atelier largement éclairé qui
avoisine le cabinet des manipulations ; puis il introduit
son châssis, toujours fermé, dans une rainure pratiquée
à l'arrière de l'appareil photographique. Au signal « Ne
bougeons plus! » il soulève la paroi antérieure de ce
châssis, et l'image du client passant à travers l'objectif
de l'appareil, vient impressionner la plaque sensible qui
en forme la paroi postérieure, la muraille du fond,
comme dans la chambre noire de Porta, dont cet appareil
est l'imitation très perfectionnée.

Cette muraille de fond est mobile dans l'appareil :
on peut la rapprocher ou l'éloigner de l'objectif, ce qui
permet la mise au point avant l'introduction du châssis.
Formée d'un verre dépoli qui sert d'écran pour recevoir
l'image, elle ne cède la place au châssis que lorsque le
photographe a constaté *de visu* que l'image du modèle
vient se dessiner sur l'écran avec toute la netteté dési-
rable; pour trouver le point exact, il fait jouer l'arrière-
train de son appareil comme une lorgnette de théâtre,
en regardant par le gros bout.

L'impression produite, — c'est l'affaire de quelques

FIG. 82. HÉLIOGRAVURE.

D'après un dessin à la sanguine, par Fragonard.

secondes, plus ou moins, suivant l'intensité de la lumière au moment de l'opération, — le photographe referme le volet et transporte le châssis dans son laboratoire. La plaque collodionnée est impressionnée ; il s'agit maintenant de faire apparaître l'image et de la fixer. Ce que faisaient les vapeurs mercurielles dans le daguerréotype, un bain de fer va l'effectuer pour cette plaque ; une légère couche de ce métal se dépose lentement sur les parties du collodion qui ont subi l'influence de la lumière. Petit à petit, l'image se *développe,* faible d'abord et d'une transparence trop marquée pour qu'elle puisse produire un positif sur papier, mais on connaît l'art de la renforcer au degré convenable par des bains successifs qui augmentent l'épaisseur du dépôt métallique. Quand elle a enfin atteint tout son développement, on la *fixe* définitivement au moyen d'un lavage dans une solution d'hyposulfite de soude, qui enlève les parties d'iodure d'argent sur lesquelles la lumière pourrait encore exercer son action.

Le négatif ainsi constitué, on obtient autant de positifs que l'on en désire, en exposant à la lumière, dans un châssis fermé et vitré, une feuille de papier sensible, qui, à son tour, une fois l'image produite, sera *désensibilisé* au moyen de la solution d'hyposulfite de soude.

Telles sont, en gros, les opérations auxquelles se livrent les photographes modernes : elles exigent du *tour de main,* de la précision, de la rapidité et un grand soin des détails : la moindre négligence, le moindre oubli, peuvent tout compromettre. La pose du modèle, la mise au point de l'appareil et le temps d'exposition sont affaires de goût et d'expérience.

Où la coopération du photographe s'élève presque à

la hauteur de l'art, c'est quand il s'agit de réparer les

FIG. 83. — ESQUISSE AU CRAYON

Par Fromentin. — Héliogravure de M. Gillot.

erreurs de la nature se dessinant elle-même. Cette perfection que l'on attribue volontiers à l'invention de

Daguerre n'est pas aussi complète qu'on le suppose. La photographie, produit naturel de forces inconscientes et soumises à toutes les vicissitudes du milieu dans lequel elles évoluent, obéit à des lois physiques et chimiques qui n'ont aucune corrélation avec celles de l'esthétique.

D'autre part, la rétine humaine, que l'on peut jusqu'à un certain point assimiler à une plaque daguerrienne, est impressionnée d'une toute autre manière que cette plaque. Si l'on peut dire ainsi, l'œil ne voit point comme cette plaque; sensibilisé par les mêmes rayons lumineux qui produisent l'action photographique, le cerveau perçoit des sensations que celle-ci ne traduit pas par des équivalents optiques. Tel de ces rayons, d'où résulte un ébranlement nerveux intense, une acuité visuelle très marquée, n'agit pas sur les plaques préparées; tel autre, au contraire, que la vue ne perçoit pas, se traduit sur la plaque par une impression chimique très accentuée : il en résulte que l'image photographique est loin d'être l'équivalent, en blanc et noir, de l'image colorée dont elle est la copie. A peu près exacte pour ce qui est des contours, des proportions linéaires des objets, au moins de ceux qui sont sur le même plan et dans le voisinage de l'axe de la lentille, elle ne respecte en rien l'échelle des colorations, et les valeurs d'ombre et de lumière par lesquelles elle les traduit ne correspondent pas aux valeurs relatives de ces colorations dans la nature. Tel ton clair qu'un dessinateur interpréterait en blanc à peine teinté, prend une coloration d'un noir intense dans la photographie (épreuve positive), parce que les rayons lumineux qu'il émet ne seront pas photogéniques; tel autre, sourd au contraire, estompé dans le modèle en vue, donne une tache blanche éclatante sur l'épreuve photographique, parce que la lumière qui lui correspond est de celles qui impressionnent vivement les plaques sensibles.

Pour nous résumer, l'image photographique est le résultat d'actions chimiques de certains rayons lumineux, et la puissance de ces rayons n'est pas en raison directe de leur intensité lumineuse telle qu'elle est évaluée par l'œil. Le jaune et le vert, par exemple, qui affectent si vivement l'organe visuel, ne sont pas photogéniques, tandis que

FIG 84. — BIJOU.

Par Froment-Meurice. — Gravure sur bois.

le bleu, l'indigo et surtout le violet, colorations sourdes dans la nature, agissent fortement sur la plaque photographique.

Ainsi donc la plaque daguerrienne ne *voit* pas comme l'œil; de plus, son acuité d'impression est à la fois plus faible ou plus forte, suivant le cas : plus faible dans les ombres, plus forte dans la clarté. Nous voyons très bien aux rayons de la lune; cette lumière n'est pas suffisante pour impressionner une plaque sensible; par contre, des rayons invisibles apparaissent en photographie dans les parties vivement éclairées. Écrivez sur du papier blanc avec une plume neuve, imbibée de salive;

la feuille une fois sèche, il ne restera aucune trace de l'écriture ; on peut cependant en obtenir une épreuve photographique parfaitement nette à la vue. Cette *vision* particulière de la photographie est utilisée dans la fabrication des billets de banque et aussi comme procédé de vérification des fausses écritures.

Comme fait curieux établissant bien la sensibilité particulière du miroir photographique, on cite le cas d'une dame constatant sur son portrait photographié des taches d'une petite vérole qui devait apparaître sur son visage le lendemain seulement du jour où elle avait posé. Le soleil s'était chargé de devancer le diagnostic en l'éclairant.

L'art du photographe est de corriger les imperfections de la nature ; celles du modèle — souvent il abuse un peu trop des corrections, sachant bien que la clientèle ne s'en plaindra pas — et celles qui résultent du déplacement des valeurs d'ombre et de lumière. La retouche se fait sur le négatif, c'est-à-dire sur le cliché qui fournit les épreuves positives.

Pour ramener les teintes à une exactitude relative, on noircit artificiellement, au moyen du crayon ou de l'encre de Chine, les parties du négatif qui ont été insuffisamment impressionnées ; ainsi assombries, elles laissent passer moins de lumière et, par suite, les points correspondants du positif étant moins impressionnés paraissent moins noirs ou même ne paraissent plus du tout, si l'*artiste* juge à propos de faire abstraction de tel ou tel détail encombrant ou peu flatteur, comme les rides du modèle, les taches de rousseur, etc.

Sans insister davantage, nous croyons avoir démontré

que la photographie ne donne pas, à beaucoup près, la
reproduction fidèle des images de la nature. La rétine
voit et le cerveau apprécie autrement qu'elle, sinon plus
juste. Nous avons vu quels désordres graves la consti-
tution plus ou moins photogénique des rayons lumineux

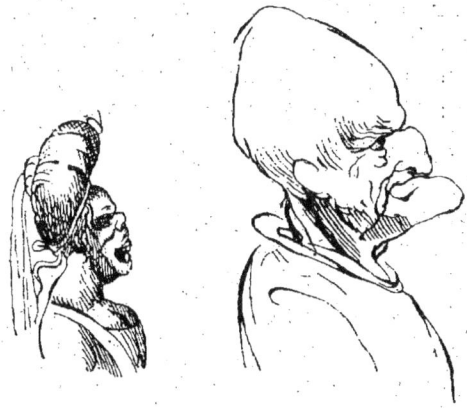

FIG. 85. — FAC-SIMILÉ RÉDUIT
De caricatures dessinées par Léonard de Vinci.

peut apporter dans l'harmonie générale, dans la relation
des teintes entre elles, des colorations. D'autre part,
l'instrument lui-même du photographe est construit de
telle sorte qu'il ne peut enregistrer avec une exactitude
absolue les rapports du dessin : de par la forme de son
objectif, il est condamné à passer par-dessus les lois de
la perspective; la lentille bi-convexe dénature les contours des objets, surtout de ceux qui s'éloignent de son
axe, et altère la relation des plans. L'habileté du photo-

graphe peut corriger dans une large mesure ces faiblesses de son instrument, mais elles n'en existent pas moins.

Quoi qu'il en soit, la photographie est une découverte admirable et d'une immense utilité. A ne l'envisager que sous le point de vue de l'art, elle permet de fixer en quelques secondes et de reproduire à un nombre illimité d'exemplaires des documents de toute sorte, en leur conservant un caractère de ressemblance d'une perfection telle que nul autre procédé ne parvient à l'égaler : documents inestimables de vulgarisation pour la foule et d'étude pour les artistes et les savants.

Comme procédé de multiplication des épreuves, la photographie est en évidente infériorité par rapport aux autres modes de tirages : la collaboration forcée de la lumière rend les résultats incertains, inégaux entre eux, et d'une lenteur désespérante. Avec les changements incessants de l'éclairage du jour, il est presque impossible d'obtenir du même négatif deux épreuves positives qui se ressemblent. Aussi, dès l'origine de l'invention, les recherches des savants furent-elles dirigées dans le sens d'une utilisation plus pratique des images fournies par la photographie. Pour résoudre le problème, il s'agissait de transformer le négatif en cliché d'impression, c'est-à-dire en plaque de gravure ou de lithographie.

Nous voici ramenés tout naturellement à l'étude principale qui fait l'objet de ce livre, à l'art ou plutôt au métier de l'artiste graveur. Nous allons voir quel parti vraiment merveilleux on a su tirer de l'invention de Daguerre, et nous ne sommes pas au bout de nos surprises, car la gravure héliographique n'a pas encore dit son dernier mot.

FIG. 86. — VIGNETTE DANS LE GOÛT DU XVIIIe SIÈCLE.

FIG. 86. — VIGNETTE DANS LE GOÛT DU XVIIIᵉ SIÈCLE.
Gravure sur bois.

PHOTOGRAVURE

Nous avons vu que les premières tentatives de gravure héliographique ont précédé de quelques années l'invention même de Daguerre. C'est en 1826, en effet, que Niepce prépara ses plaques gravées par un procédé que nous rappellerons sommairement. Sur un cuivre recouvert d'une couche de bitume de Judée, il plaçait une feuille de papier sur laquelle un dessin était tracé, et le soumettait à l'action de la lumière solaire. Les parties non impressionnées, c'est-à-dire celles qui étaient protégées par le tracé du dessin, restant seules solubles, il suffisait de plonger la plaque dans un bain d'huile de lavande pour que le cuivre apparût à nu dans les parties correspondantes. Niepce faisait mordre ensuite au moyen de l'acide, comme cela se pratique pour une eau-forte ordinaire, le bitume insoluble jouant ici le rôle de vernis protecteur de la plaque dans toutes les autres parties.

Procédé Scamoni.—Un négatif photographique ordinaire n'est pas, comme on l'a cru longtemps, une
surface plane ; un héliographe très-distingué de Saint-
Pétersbourg a été le premier à faire remarquer que
l'image se traduit en relief; les parties ombrées forment
de légers creux, tandis que les parties claires font
saillie. M. Scamoni a trouvé le moyen de renforcer ce
relief au moyen de dépôts successifs d'argent ; le métal,
on le sait, n'est attiré et retenu que par les surfaces
impressionnées, c'est-à-dire par l'image. On parvient
ainsi à donner au négatif des profondeurs égales à
celles d'un cuivre gravé, et il est facile, par la galvanoplastie, d'en obtenir un cliché-cuivre que l'on peut
imprimer par les procédés ordinaires. La même opération peut être effectuée en se servant d'une image sur
collodion renforcée par des dépôts d'argent. M. Scamoni a utilisé ce procédé de la façon la plus ingénieuse
et les résultats qu'il en a obtenus — on a pu les voir à
l'Exposition universelle de 1878 — touchent à la
perfection.

Photographie aux sels de chrome. — On sait
depuis l'origine de la photographie que certaines substances chimiques partagent avec les sels d'argent la
propriété d'être impressionnées par la lumière. Dès 1839,
Mungo Ponton publiait dans le *New Philosophical
Journal* le fruit de ses observations, faites au moyen de
feuilles de papier trempées dans une solution de chromate de potasse. Ce sel donne des épreuves plus pâles
que le nitrate d'argent; il n'a pu détrôner celui-ci dans
le laboratoire des photographes, mais la découverte de

FIG. 87. — HÉLIOGRAVURE D'UN DESSIN AU CRAYON.
De Ad. Menzel.

son action sur la gélatine a conduit à des applications d'une importance capitale pour l'héliogravure.

Fox Talbot découvrit en 1852 que la gélatine mélangée à du bichromate de potasse, très soluble dans l'eau chaude, perd sa solubilité dès qu'elle a été impressionnée par la lumière : il lui fut facile d'appliquer cette découverte à la gravure de plaques d'acier, par un procédé semblable à celui dont Niepce se servait pour graver au moyen du bitume de Judée.

Puis, l'Autrichien Paul Pretsch s'ingénia à préparer par la galvanoplastie des planches en relief destinées à l'impression typographique. Il est le premier qui se soit engagé dans cette voie féconde, mais au moment où il opérait pour la première fois, en 1854, on ne peut pas dire qu'il ait apporté aucune invention nouvelle, car il se contentait de clicher en relief une héliogravure obtenue en creux par les procédés connus. Des essais de cette nature étaient, du reste, tentés un peu partout, et l'on peut citer les noms de MM. Négre, Placet, Garnier, Baldus, Lefman, Lourdel, Gillot, Yves et Barret, qui tous ont contribué soit à l'invention, soit au perfectionnement de l'héliogravure typographique.

Nous aurons du reste à revenir sur les procédés dont on se sert actuellement dans les ateliers d'héliogravure en relief. Poursuivons l'examen des propriétés de la gélatine chromatée ; elles ont conduit à la découverte de l'héliogravure en creux la plus parfaite qui soit, au procédé Woodbury.

Photoglyptie.

Procédé . Woodbury. — On sait depuis longtemps que la gélatine se gonfle dans l'eau *froide ;* mais elle perd cette propriété dès que, rendue sensible par l'addition du chromate de potasse, elle a été impressionnée par la lumière. Seules, les parties soustraites à l'action des rayons solaires conservent la faculté de se gonfler dès que la feuille de gélatine chromatée est plongée dans l'eau. Après les explications que nous avons données précédemment, le lecteur doit se rendre compte du résultat de cette double action de la lumière et de l'eau : la feuille de gélatine impressionnée représente un cliché en creux d'une image photographiée positive. La gélatine chromatée peut aussi donner des clichés où l'image apparaît en relief ; il suffit de plonger dans l'eau *chaude* la feuille impressionnée : les parties blanches se dissolvent, il ne reste que les parties ombrées avec des épaisseurs correspondant au degré d'ombre, c'est-à-dire de sensibilisation. En séchant, cette feuille devient dure et d'une résistance tellement extraordinaire qu'elle peut servir de matrice à frapper plusieurs clichés métalliques, sans se rompre ni subir la moindre déformation. Il suffit, pour obtenir un cliché, de poser cette feuille de gélatine sur une plaque d'un métal analogue à celui des caractères d'imprimerie, et de soumettre le tout à une pression de plusieurs atmosphères, au moyen d'une machine hydraulique. Les reliefs de la gélatine impressionnée entrent dans le métal et y

FIG. 88. — UN COIN D'ATELIER.
Par J. Jacquemart. — Réduction héliographique d'une épreuve d'eau-forte.

produisent une image inverse, soit gravée en creux.

La plaque, ainsi gravée, ne peut être imprimée que par des moyens spéciaux : nous allons les indiquer sommairement. On se sert d'encres gélatineuses très transparentes, employées chaudes. Quelques gouttes en sont versées au milieu de la plaque métallique, que l'on recouvre ensuite du papier choisi pour le tirage, et l'impression se fait au moyen d'une presse à bras d'un méca- nisme spécial. L'en- cre gélatineuse ne tache pas le papier ; elle s'étale dans les creux du cliché en épaisseurs propor- tionnelles qui adhè- rent par pression à la surface du papier ;

FIG. 89. — CAMÉE ANTIQUE.

Réduction d'eau-forte.

quand on a soulevé le tablier de la presse, on détache sans peine l'épreuve ainsi obtenue. Puis, il suffit d'en ébarber les quatre côtés pour enlever l'excès d'encre qui a été repoussé, et de la coller sur un carton de pho- tographie.

Les épreuves photoglyptiques sont d'une perfection telle que, une fois leur toilette faite, il est impossible de les distinguer d'une épreuve obtenue par les moyens ordinaires de la photographie. Elles ont sur celles-ci d'inappréciables avantages que l'on peut résumer en quelques mots . tirage relativement beaucoup plus

rapide et constant, puisque l'imprimeur n'est pas à la
merci des caprices du soleil; homogénéité parfaite dans
la coloration des épreuves, par les mêmes raisons, et
inaltérabilité presque absolue.

L'inconvénient du procédé Woodbury est dans l'outillage spécial et fort coûteux qu'il nécessite, et dans la
multiplicité des travaux de main-d'œuvre pour l'appro-
priation des épreuves aux exigences du commerce.

Procédé Goupil. — La maison Goupil, qui a acquis
le droit d'exploiter en France le procédé Woodbury, a
déjà réalisé des progrès importants sur lesquels nous devons attirer l'attention, car ils permettent de ramener les
clichés photographiques à l'état de gravures ordinaires,
susceptibles de passer sous les presses communes et de
recevoir les encres grasses usitées dans toutes les impri-
meries.

Le relief formé par les planches Woodbury est tellement faible, avons-nous dit, qu'il faut employer des
encres très fines et très transparentes pour obtenir une
gradation dans les ombres; il ne retiendrait pas les
encres grasses, ou du moins ne les distribuerait pas dans
les épaisseurs variées qui constituent les nuances du
noir. Woodbury et M. Rousselon, de la maison Goupil,
ont trouvé le moyen de convertir ces planches photoglyptiques en clichés de cuivre dont le tirage se fait
comme celui des eaux-fortes, c'est-à-dire aux encres
grasses; ils sont parvenus à donner un grain à la gélatine en l'additionnant de sable fin ou en produisant le
granulé au moyen de certaines réactions chimiques qui
changent l'état moléculaire des corps. Quel que soit

leur procédé, dont ils gardent le secret suivant leur droit, on obtient de la gélatine granuleuse un cliché cuivre par les procédés de la galvanoplastie, et ce cliché est apte à fournir des épreuves en nombre illimité, absolument comme une planche gravée à l'eau-forte.

Procédés divers. — Les procédés dont se servent MM. Dujardin, Amand Durand, Baldus, etc., etc. présentent, avec les systèmes d'héliogravure que nous avons passés en revue, des analogies telles qu'il est inutile de les décrire spécialement. Du reste, chacun de ces héliographes distingués a son tour de main, sa recette particulière; le principe est le même, les procédés seuls varient et la perfection des résultats dépend de l'habileté individuelle. On a remarqué que ceux-là réussissaient le mieux qui joignaient à la connaissance spéciale de l'héliogravure un certain talent de dessinateur. C'est que le soleil et la chimie ne font pas tous les frais des planches qu'on leur demande. Bien que les héliograveurs s'en défendent, nous croyons qu'ils ont beaucoup à retoucher dans l'ouvrage qui résulte des réactions chimiques : or les retouches sont du domaine de l'art; pour les pratiquer avec intelligence, il faut savoir dessiner et connaître le maniement du burin.

ALBERTYPIE OU PHOTOTYPIE

OTRE compatriote Poitevin, à qui la photographie est redevable de tant de découvertes ou de travaux qui ont conduit à des applications importantes, a fait le premier la remarque que les parties impressionnées d'une couche de gélatine chromatée ont la propriété de retenir les encres grasses; si l'on ajoute à ce fait que les parties non impressionnées sont, au contraire, aptes à retenir l'eau à l'exclusion des autres, et partant à se dérober au contact de l'encre, il appert que toutes les conditions requises se trouvent remplies pour que cette couche de gélatine puisse être imprimée à la façon des pierres lithographiques.

Il ne s'agissait plus que de trouver le moyen de rendre cette couche de gélatine suffisamment résistante pour qu'elle pût se prêter à l'impression d'un grand nombre d'épreuves. Résistante, on sait qu'elle l'est au plus haut point, puisqu'elle suffit à fournir plusieurs clichés Woodbury, en s'incrustant comme un coin dans une plaque de métal. La difficulté était de la bien fixer

FIG. 91. — HÉLIOGRAVURE GILLOT

D'un croquis à la plume d'A. Stevens.

sur un support résistant, de l'y incorporer pour ainsi
dire. Tessié du Mothay et d'autres expérimentateurs
avaient obtenu d'assez bons résultats en la transportant
sur métal, quand Albert de Munich inventa le procédé
qui porte son nom et dont la perfection ne laisse rien à
désirer. Voici comment il procède :

Une solution de gélatine mélangée de chromate de
potasse est versée sur une plaque de verre, — opération
analogue à celle de la préparation du négatif au collodion, et, comme elle, pratiquée dans l'obscurité, — on
laisse sécher, puis on expose cette plaque à la lumière *du
côté où il n'y a pas de gélatine :* la couche superficielle
de cette substance qui se trouve en rapport immédiat
avec le verre est seule impressionnée, devient insoluble
et adhère fortement au verre. On expose ensuite la face
du verre où repose la couche de gélatine au-dessous du
négatif, et, dès que l'action de la lumière est accomplie,
on lave dans l'eau pour enlever tout le chromate non
impressionné. La plaque, une fois sèche, est prête à
recevoir l'encre grasse, qu'on lui distribue au moyen
du rouleau comme en lithographie, et l'on tire de
même. L'Albertypie fournit de très belles épreuves et
en aussi grand nombre qu'une pierre lithographique.
Les noirs y sont moins beaux, moins profonds que dans
les épreuves de la photoglyptie, ce qui tient surtout
au défaut de transparence des encres grasses, mais les
blancs y ont une netteté et un éclat supérieurs.

Les planches dites d'héliochromie de M. Vidal, dont
nous parlerons tout à l'heure, sont tirées par le procédé
Albert ou par un procédé qui en dérive directement.

PHOTOLITHOGRAPHIE

FIG. 92,

A photolithographie a été inventée par Poitevin longtemps avant la phototypie, qui, du reste, n'en diffère que par la nature du support donné à la gélatine impressionnée. Poitevin étalait cette couche de gélatine sur pierre; Albert eut l'idée de la fixer sur verre, comme nous venons de l'exposer.

Une importante modification fut apportée par Asser et Osborne au procédé de Poitevin : ils imaginèrent de transporter sur pierre au lieu de la gélatine impressionnée, qui, pendant l'opération du lavage, abandonnait trop facilement ses demi-teintes, l'épreuve de cette gélatine noircie aux encres grasses, en un mot, de faire un *report* de l'image. Une feuille de papier chromaté était exposée sous un négatif; puis, l'image positive étant produite et fixée, on l'encrait au rouleau ou au tampon et on l'appliquait sur une pierre lithographique, où la pression lui faisait abandonner toute l'encre qu'elle avait prise, c'est-à-dire le dessin avec ses teintes

13

variées. La pierre, ainsi préparée, était tirée comme
une lithographie ordinaire.

La phototypie donne des épreuves bien supé-
rieures à celles de la photolithographie, aussi l'a-t-elle

FIG. 93. — CAMÉE ANTIQUE.

Héliogravure d'après une eau-forte.

complètement remplacée, sauf pour la reproduction de
dessins exécutés en hachures, plans, cartes, figures d'or-
nement, architecture, etc., qu'elle reproduit avec fidélité et en fournissant un grand nombre d'épreuves. La
feuille de gélatine peut, du reste, donner autant de

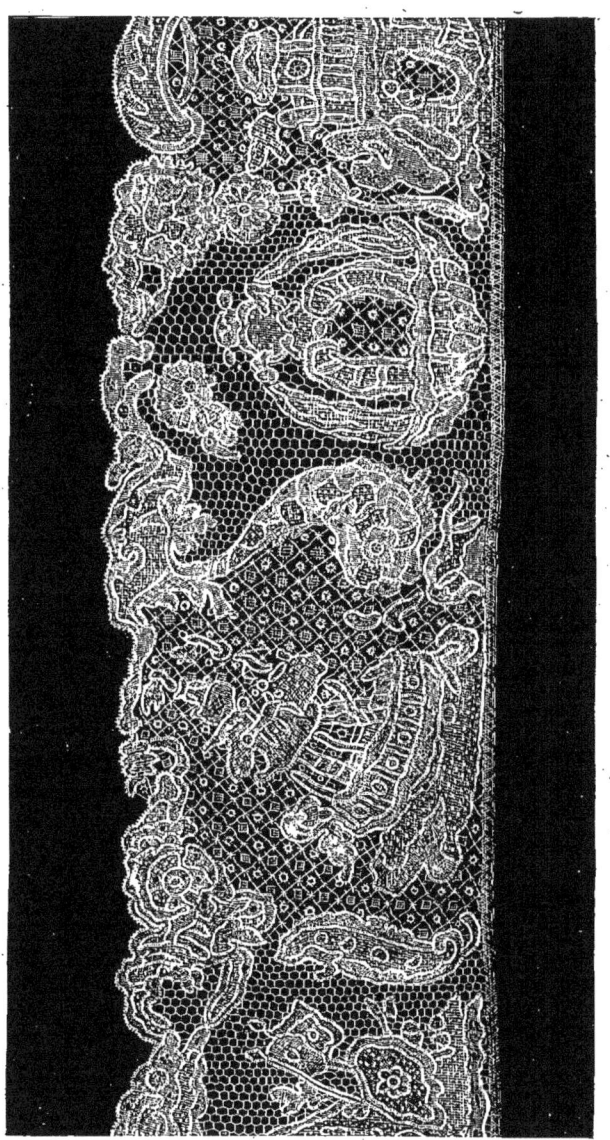

FIG. 94. — POINT D'ARGENTAN.

Dentelle héliogravée directement.

reports que l'on veut; il est donc facile de remplacer les pierres de report dès que le dessin ne vient plus nettement au tirage. En substituant le zinc à la pierre et en faisant mordre par un acide, on obtient un dessin en relief à surface plane, pouvant, par conséquent, être tiré dans le texte comme les caractères d'imprimerie.

Ces divers procédés de transport d'un dessin ont des avantages immenses sur tous les modes de gravure, si l'on considère la rapidité d'exécution, le rendement en épreuves qui est indéfini et la perfection même des résultats. Il suffit, pour s'en convaincre, de remarquer que l'on obtient, grâce à eux, une photographie de l'original, image conservant son exactitude, sa précision mathématique et pouvant être agrandie ou diminuée suivant l'usage qu'on en veut faire.

C'est grâce à la photolithographie que les Allemands ont pu, durant la dernière guerre, donner à leurs soldats d'excellentes cartes portatives des pays qu'ils avaient à traverser. Les frères Burchard, de Berlin, en ont livré 500,000 en quelques mois.

Le bitume de Judée, dont nous avons vu l'emploi en héliographie, peut également être utilisé dans la photolithographie, au lieu et place de la gélatine chromatée; c'est toujours le même principe, et nous croyons inutile de donner de nouveaux détails sur l'application.

Procédé anastatique.

On peut, sans le secours de la photographie, reproduire à un grand nombre d'exemplaires une carte, une page d'impression, ou même un dessin exécuté en traits. La condition essentielle est que l'original ait été fait ou imprimé aux encres grasses.

Le procédé est en lui-même d'une application facile : on humecte le *verso* de l'original avec de l'eau gommée légèrement acidulée par quelques gouttes d'acide sulfurique ; puis on le fixe sur un support quelconque et on tamponne le *recto* avec de l'encre d'imprimerie : celle-ci ne prend que sur le tracé du dessin ou de l'écriture. Ainsi préparé, l'original peut fournir un report, sur pierre ou sur zinc, dont l'imprimeur tirera parti comme d'une photographie. Inutile d'ajouter que la reproduction est forcément de même dimension que l'original ; nous avons du reste déjà parlé de procédés analogues (Voir le *Procédé Vial,* page 119).

Photographie en couleur.

C'est encore à Poitevin que l'on doit l'introduction en photographie des poudres colorantes ; il débuta par incorporer au chromate de potasse, avant la sensibilisation, de la poudre de charbon. Ce mélange ne changeant rien aux conditions habituelles de solubilité des parties non impressionnées, il restait, après le lavage, une photographie colorée en noir et à peu près inaltérable. En mélangeant avec la gélatine chromatée de la sépia, du bleu, du rouge, de la sanguine, on obtiendra des épreuves colorées à volonté. M. Braun, de Dornach, produit ainsi ses remarquables fac-similés de dessins de maîtres.

On peut également colorer une photographie en

FIG. 95. — LE PRINTEMPS.

Par Alma Tadéma. — Croquis à la sépia photographié sur bois
et gravé par Vallette.

exposant, dans l'obscurité, aux vapeurs d'aniline, une

feuille de papier chromaté qui vient d'être retirée de

FIG. 96. — L'ÉTÉ.

Par Alma Tadéma. — Croquis à la sépia photographié sur bois
et gravé par Vallette.

dessous un positif tel qu'un dessin ou une gravure : la

couleur ne prend que sur les parties soustraites à l'action
de la lumière, c'est-à-dire, dans le cas présent, sur le tracé
du dessin.

C'est, enfin, par l'emploi des poudres colorantes
répandues sur une couche de gélatine chromatée, rendue
visqueuse par l'addition de gomme et de miel, que l'on
produit des images colorées sur porcelaine et sur verre;
on peut même fixer certaines couleurs en exposant les
vases ainsi décorés à la chaleur du four.

PHOTOGRAPHIE DES COULEURS

Le gros problème de la photographie des couleurs préoccupe beaucoup en ce moment les savants et les

FIG. 97. — LE LABOUREUR, PAR HOLBEIN.
Gravure sur bois des *Simulachres de la Mort.*

industriels. Nous allons essayer de dire où en est la question ; mais il nous faut, au préalable, entrer dans quelques explications sur la lumière et sur la façon dont elle impressionne la rétine humaine, ou plutôt le sens de la vue.

On sait que Newton a établi, le premier, que la

lumière solaire est un composé de rayons de couleur qui, par leur réunion, constituent la lumière blanche. Quand on fait passer un faisceau de lumière solaire à travers un prisme de verre et qu'on le reçoit, à la sortie, sur un écran, au lieu des rayons blancs on voit une bande lumineuse composée de rayons colorés juxtaposés dans l'ordre suivant : *violet, indigo, bleu, vert, jaune, orangé, rouge.* L'illustre savant démontra, en même temps, que les objets n'ont pas de couleur propre ; ils ont celle des rayons qu'ils réfléchissent, c'est-à-dire qu'ils n'absorbent pas : un objet est rouge parce qu'il absorbe tous les rayons lumineux, sauf les *rouges ;* s'il est noir, c'est qu'il les absorbe tous ; s'il est blanc, c'est qu'il n'en absorbe aucun.

En réalité, il n'y a dans la lumière et, partant, dans la nature, que trois couleurs : le *rouge,* le *jaune* et le *bleu ;* toutes les autres sont des nuances dérivées du mélange de deux ou des trois couleurs élémentaires. Un professeur d'Édimbourg, M. Brewster, a prouvé expérimentalement qu'il existe du rouge dans toutes les parties du spectre solaire, ainsi que du jaune et du bleu. De là il a conclu que le spectre solaire est formé de trois spectres superposés, de même étendue, l'un rouge, l'autre jaune, le troisième bleu, et que les trois spectres ont leur maximum d'intensité en des points différents, d'où résultent les différentes teintes révélées par le prisme. Cette théorie n'est pas adoptée en général, et c'est cependant sur elle que sont fondées presque toutes les tentatives faites pour reproduire les couleurs au moyen de la photographie.

Fondée ou non, la théorie de M. Brewster a cet avan-

FIG. 93. — TÊTE D'APÔTRE, DESSIN D'ALBERT DURER

Directement photographié sur bois et gravé par Vallette.

tage de se trouver en parfait accord avec ce que l'on croit savoir au sujet de la perception des couleurs par la rétine. L'étude des maladies de la vue a conduit les médecins à admettre que la membrane sensible qui tapisse le fond de l'œil reçoit la lumière de la même façon que l'écran dans l'expérience du spectre, c'est-à-dire que le rouge, le jaune et le bleu, agissant isolément sur elle, la sensation des couleurs mixtes résulterait d'une opération intellectuelle succédant à une impression double : ainsi, dans le *vert*, par exemple, la rétine percevrait séparément le *jaune* et le *bleu*, faisant ainsi une sorte d'analyse de la couleur ; puis le cerveau synthétiserait cette double impression en une sensation unique, celle du vert. Il est incontestable que le cerveau se livre à propos des couleurs à des opérations analogues à celles qu'il fait pour toutes choses : il lui arrive même de se tromper en voulant trop bien faire. Ainsi, par exemple, on a dû, pour les signaux de chemins de fer, se préoccuper du choix des couleurs : il est arrivé qu'un chauffeur voyait *blanc*, alors que le signal portait *rouge* et *vert*. Le cerveau de ce chauffeur renversait l'expérience du prisme : les rayons *rouges* s'ajoutant comme impression aux rayons *bleus* et *jaunes* réfléchis par le signal vert, il faisait une synthèse du spectre solaire, d'où résultait pour son intelligence la perception du *blanc*. C'est là une opération de physique pure. Il en est d'autres, aussi fâcheuses par les conséquences qu'elles pourraient avoir, quand il s'agit d'un employé de chemin de fer, qui tiennent uniquement au degré d'impressionnabilité de l'œil du sujet à telle ou telle couleur. Tel voit tout en rouge, parce que la sensibi-

lité des papilles nerveuses impressionnables par le
rouge est exaltée, ou, ce qui revient au même, que les
papilles préposées au bleu et au jaune sont affaiblies.
Ce qui est vrai pour une couleur l'est pour l'autre ; la
diversité des appréciations en matière de colorations
est donc fort naturelle, et ce n'est pas sans raison que
la sagesse des nations a dit : « Des goûts et des couleurs
il ne faut pas discuter. »

Nous pouvons maintenant aborder le problème de la
photographie des couleurs : il serait plus exact de dire
de la décomposition des couleurs par la photographie
et de leur recomposition par des moyens artificiels, car
« ce fameux problème de l'impression directe, immédiate, des images avec leurs couleurs, nul ne l'a résolu
encore de façon à produire quoi que ce soit de suffisant. » Qui parle ainsi? M. Vidal, le directeur-fonda-
teur d'une grosse opération d'*héliochromie* dont les
prospectus affichaient moins de modestie. *Habemus
confitentem...* Les tons, « il faut bien les prendre chez
le droguiste, puisque la lumière ne les produit en aucune façon », dit-il encore à propos d'un procédé de
photographie en couleur, imaginé par MM. Ducos de
Hauron. Ceci est malheureusement vrai, qu'il s'agisse
de ce procédé ou de celui de M. Vidal lui-même.

MM. Becquerel, Niepce de Saint-Victor et Poitevin
ont bien réussi à imprimer directement les couleurs du
spectre sur des papiers sensibilisés par le chlorure d'argent, mais ces impressions sont fugitives ; les épreuves, ne
pouvant être fixées, s'effacent rapidement sous l'influence
de la lumière du jour. La grande difficulté réside donc
non pas dans la production des couleurs naturelles,

mais dans leur fixation. Rien n'empêche que ce problème soit un jour résolu, puisqu'il s'est écoulé dix-
sept années entre la découverte de la photographie en
noir et celle du moyen de fixer les épreuves en les plon-
geant dans une solution d'hyposulfite de soude, moyen
découvert par Herschell.

Pour le moment, comme on ne peut surmonter cette
difficulté, on a cherché à la tourner. M. Ch. Cros a été
des premiers à bien comprendre le problème et à le
poser sur un terrain pratique. Partant de l'idée de
M. Brewster au sujet des trois couleurs élémentaires
dont l'ensemble formerait la lumière blanche, et admet-
tant, ce qui n'est pas davantage prouvé, que ces trois
couleurs sont les seules qui puissent impressionner la
rétine, M. Ch. Cros a imaginé de photographier *en
noir* successivement chacune de ces trois couleurs,
rouge, jaune et *bleu,* puis d'*imprimer* les clichés ainsi
obtenus avec des encres rouge, jaune et bleue, sur une
même feuille de papier. Les trois épreuves, superposées, doivent donner à la rétine l'illusion de l'objet
photographié et de ses colorations, dans leur importance relative, sinon dans leur ton exact.

Il s'agit donc de prendre trois épreuves différentes
en se servant successivement de verres rouge, jaune et
bleu; ces verres ne laisseront passer que les rayons de
leur coloration propre; l'un donnera donc tous les
points plus ou moins rouges de l'objet ou qui contiennent du rouge; le second, tous les points jaunes ou
contenant une proportion de jaune (la nuance *orangé,*
par exemple, marquera aux mêmes places dans les deux
clichés, puisqu'elle contient à la fois du *rouge* et du

jaune); le dernier, tous les points bleus ou contenant du bleu.

FIG. 99. — REPORT TYPOGRAPHIQUE D'UNE EAU-FORTE.

L. Flameng, d'après Meissonier.

Ces trois épreuves, en les supposant obtenues en teintes uniformes, comme celles de la photographie ordinaire, exprimeront, en noir et en gris plus ou moins foncés, les quantités respectives de rouge, de jaune et de bleu qu'il y a dans tous les points du tableau dont on cherche l'image.

« Ainsi, ajoute M. Cros, on aura l'ensemble de tous les renseignements sur ce tableau proposé, mais non pas sa reproduction immédiate. En un mot, l'analyse du tableau est faite au point de vue de la couleur, mais non la synthèse. »

Cette synthèse, on essaye de l'obtenir, comme nous l'avons dit plus haut, en imprimant sur une même feuille les trois clichés photographiques, transportés sur pierre ou sur métal, avec chacune des couleurs dont ils fournissent l'image en *noir*. Il faut pour cela se servir d'encres colorées aussi transparentes que possible, afin que les trois impressions, rouge, jaune et bleue, se superposent sans se neutraliser. C'est là une des grandes difficultés du tirage, et la pratique est loin de réaliser encore les espérances que la théorie a pu faire concevoir.

Les épreuves colorées que font, par exemple, d'après des tableaux, MM. Desjardins et Rousselon, sont obtenues à l'aide de ces tirages successifs aux encres de couleur sur des clichés photoglyptiques ou photolithographiques [1].

1. On peut voir en ce moment chez MM. Goupil des estampes en couleurs imprimées sur une seule planche photoglyptique. Dans ce cas, le procédé consiste à *colorier à la main le cliché* lui-même avant de tirer une épreuve : procédé long et difficile, dont

MM. Ducos de Hauron procèdent d'une façon un peu différente, mais, au fond, c'est toujours le même principe. Des feuilles de gélatine *colorées* l'une en rouge, l'autre en bleu, la troisième en jaune, forment trois

FIG. 100. — BRONZE DU XVI.ᵉ SIÈCLE.
Héliogravure d'un dessin à la plume.

positifs que l'on obtient de trois clichés négatifs sur lesquels est figurée en noir l'image des couleurs com-

les résultats ne sont guère plus remarquables que ceux du coloriage à la main des estampes mêmes.

14

plémentaires : vert, orangé et violet ; — on sait qu'une couleur est dite complémentaire d'une autre quand, ajoutée à celle-ci, elle donne au total les trois couleurs dites élémentaires : rouge, jaune et bleu, c'est-à-dire les éléments de la lumière du soleil. — Le négatif vert, c'est-à-dire produit par la lumière verte, fournit un positif rouge, car étant noirci dans tous les points qui ont été impressionnés par le vert, il ne peut laisser passer que les rayons rouges : ceux-ci viennent donc modeler leur quote-part de l'image sur une gélatine colorée en rouge. De même le négatif *orangé* fournit le positif *bleu,* et le négatif *violet* le positif *jaune.* Les trois positifs superposés donnent, par leur transparence, une image colorée analogue à celle que fournit l'impression successive aux encres de couleur, telle que nous l'avons décrite plus haut.

S'il est vrai que la rétine *voie,* comme on le suppose, il est admissible qu'on peut avoir de cette manière une photographie des couleurs d'une fidélité parfaite, sauf le ton exact, puisqu'on va chercher les tons « dans les bocaux des marchands de couleurs », et qu'il faut s'en remettre à l'appréciation du photographe ou de l'imprimeur. Toutes les colorations seront rendues, car là où l'impression aura donné, pour citer un exemple, du jaune et du rouge superposés, on verra de l'*orangé,* comme dans le tableau original, — et de même pour toutes les couleurs et toutes les nuances. Rien n'empêcherait, du reste, de multiplier les clichés et les impressions, comme cela se fait en lithochromie. Après avoir fait une photographie des couleurs prétendues élémentaires, le rouge, le jaune et le bleu, il serait facile de photographier et d'imprimer à part, sur la même feuille, le violet, l'indigo, le vert et l'orangé. La difficulté ne réside pas là, mais dans l'impossibilité d'obtenir des laques suffisamment transparentes pour que les parties de l'épreuve où les tons se trouveront accumulés n'en soient pas trop obscurcies.

La conclusion à tirer de ce que nous venons d'exposer, aussi simplement que le permet un sujet de cette nature, est que si la photographie des couleurs n'est guère plus avancée que du temps de Niepce de Saint-Victor, en ce qui a trait à la reproduction directe, immédiate, des couleurs, la *chromophotographie* est en très bonne voie et que l'on peut en attendre prochainement d'excellents résultats.

LITHOGRAPHIE

La lithogra-
phie est l'art de
dessiner avec un
corps gras sur une
pierre calcaire, dite
*pierre lithogra-
phique*. On com-
prend sous la

FIG. 101. — ENCADREMENT D'HOLBEIN.
Réduction d'un bois gravé en fac-similé par M. Boetzel.

même dénomination l'art d'imprimer les dessins effectués de cette manière.

Les pierres propres à la lithographie se trouvent
principalement en Bavière : on cite les carrières de
Pappenheim, de Solenhofen et de Kahlheim. Après
avoir été longtemps tributaires de la Bavière, nos imprimeurs ont trouvé en France des gisements de pierres
lithographiques à Châteauroux, au Vigan, à Belley, à
Dijon et à Périgueux. Ces pierres, excellentes pour la
lithochromie et les travaux d'écriture qui se font en lithographie, ne valent pas les pierres allemandes, quand il
s'agit de dessins d'un ordre artistique plus relevé.

Les pierres lithographiques que l'on emploie présentent un grain serré d'une pâte fine et homogène.
Elles ont été préparées de telle sorte que les deux faces
sont planes et parallèles. L'une des surfaces est laissée
à l'état brut, l'autre a été soigneusement passée à la
pierre ponce.

Voici, en peu de mots, sur quels principes repose
la lithographie :

Quand on a dessiné ou écrit sur la surface polie d'une
pierre lithographique, au moyen d'un crayon ou d'une
encre grasse, liquide et miscible à l'eau, ce dessin ou
cette écriture peuvent être fixés sur la pierre : il suffit de
laver celle-ci avec une eau de gomme additionnée d'un
peu d'acide nitrique ou chlorhydrique.

Ce lavage a pour effet de rendre le dessin insoluble,
et, en pénétrant les parties non dessinées de la pierre,
de les rendre incapables de recevoir et de retenir les
corps gras ; ces parties restent, au contraire, aptes à recevoir et à retenir l'eau qui ne se dépose pas sur le dessin.

FIG. 102. — ÉTUDE DE MAINS PAR A. DURER.

Dessin de l'artiste photographié sur bois et gravé.

Si donc, après avoir fixé, comme nous venons de le dire, le dessin sur la pierre, on y passe une éponge imbibée d'eau propre, celle-ci ne mouillera que les parties non dessinées et l'encre de l'imprimeur ne prendra pas sur elles. Seuls, les traits du dessin seront encrés par le rouleau, dans une proportion égale à celle des grains qui auront été couverts par le dessinateur, c'est-à-dire en suivant la gamme des tons.

Sous l'effort de l'impression, l'encre, ainsi déposée sur le dessin, abandonne la pierre pour se fixer sur le papier.

Pour s'opposer à l'encrassement du dessin, l'imprimeur, avant d'encrer et de tirer une épreuve, passe un chiffon chargé d'essence de térébenthine qui dissout et enlève toutes les matières colorantes du dessin. Celui-ci disparaît comme par enchantement, mais la tache grasse subsiste et cela suffit pour que l'image renaisse sous le rouleau de l'imprimeur, puisque l'encre s'y dépose à l'exclusion de toutes les parties de la surface qui ont reçu, en premier lieu, le bain acidulé, puis une couche d'humidité.

Les lithographes font usage de crayons et d'encre grasse d'une fabrication spéciale. Comme ces crayons sont relativement un peu mous, on est obligé de les tailler à l'inverse des crayons ordinaires, c'est-à-dire que le canif les attaque en remontant de la pointe au corps du crayon. On dessine, du reste, sur pierre comme on le ferait sur papier; cependant si la pierre doit tirer un assez grand nombre d'exemplaires, il est nécessaire de procéder avec une certaine lenteur et de garnir les tons dans tous les sens pour que le grain de la pierre soit couvert sur toutes ses faces.

FIG. 163. — HORLOGE DE TABLE.

Travail français du XVIe siècle. — Héliogravure d'un dessin à la plume.

Pour éclaircir le travail ou enlever des taches, le lithographe frappe le dessin à petits coups de son crayon tenu perpendiculairement à la surface de la pierre, comme s'il voulait exécuter un pointillé. La pointe du crayon ne marque pas, au contraire elle enlève à la pierre une partie du crayon qui y est déjà déposé : elle baisse le ton, par conséquent.

Les lumières, les blancs purs, sont creusés au grattoir, mais il vaut mieux les réserver quand il est possible.

Le calque du dessin à lithographier est déposé sur pierre par les procédés ordinaires.

La pierre lithographique doit être gardée de tout contact des doigts, et l'on veillera à ce qu'elle ne reçoive aucune goutte d'eau pendant le travail. Une planchette mobile posée sur deux tasseaux plus hauts que la pierre sert de support à la main qui dessine. Les parcelles qui se détachent du crayon sont enlevées de temps à autre au moyen d'un large pinceau.

Les plumes dont on se sert en lithographie sont faites de minces feuilles d'acier que l'artiste taille lui-même : il existe aussi dans le commerce des plumes toutes faites, mais elles ne valent pas les précédentes.

Pour garnir les fonds, les plans de terrain et en général toutes les parties du dessin qui doivent être uniformément montées de ton, certains lithographes se servent de larges tablettes de crayon qu'ils promènent méthodiquement à la surface de la pierre. Ce travail n'adhère pas autant que celui du crayon taillé ; mais il peut rendre des services à celui qui sait bien l'employer et lui faire gagner du temps

Nº 1   Nº 2

Nº 3   Nº 4

CHROMOLITHOGRAPHIE

Nº 1. Effet après le 1er tirage | Nº 3. Effet après le 3me tirage
Nº 2. Effet   2me | Nº 4. Effet   4me

A. Quantin Éditeur   Imp. Lemercier & Cie Paris

HISTORIQUE

Comme il ne doit pas être traité de l'histoire de la lithographie dans le volume que M. Delaborde consacre à la gravure, nous allons en dire quelques mots. Nous nous inspirerons, du reste, d'un important travail sur la matière publié dans la *Revue des Deux Mondes*, par l'éminent directeur du cabinet des Estampes [1].

La lithographie est une invention contemporaine : elle date des commencements de ce siècle. Les qualités spéciales des pierres, dites lithographiques, étaient connues depuis longtemps et utilisées dans l'art de la sculpture. Depuis le xvie siècle, les artistes allemands, séduits par le ton gras et tranquille de cette matière, par la finesse de son grain et le peu de résistance qu'elle offre aux outils, se sont ingéniés à creuser dans des blocs de pierre lithographique des sujets de sainteté ou de genre traités en relief plein. Les collections de MM. Spitzer et Bonnaffé, par exemple, contiennent de charmants spécimens de cet art.

Les premiers essais d'impression lithographique remontent à 1801. C'est un musicien et graveur de musique, du nom de Senefelder, qui paraît avoir eu l'idée, le premier, de dessiner sur pierre et de prendre avec une feuille de papier l'empreinte du dessin. Presque à la même époque, en 1802, un Français, M. André, prenait

1. Articles réunis en un volume. Renouard, éditeur.

un brevet pour s'assurer la propriété légale d'un procédé semblable. André avait-il eu connaissance des essais de Senefelder? On l'ignore et, en somme, la chose importe peu. Comme le fait justement remarquer M. Delaborde, les grandes découvertes sont presque toujours le patrimoine commun d'un groupe de chercheurs et celui-là est le véritable inventeur, qui résume d'une façon pratique l'idée nouvelle qui est dans l'air : ce sera Van Eyck, pour la peinture à l'huile; Maso Finiguerra, pour la gravure; Gutenberg, pour l'imprimerie, et Daguerre, pour la photographie. Le nom de Senefelder, de Munich, nous semble de même indissolublement attaché à la découverte de la lithographie.

La première imprimerie lithographique, en France, a été installée par le comte de Lasteyrie, qui était allé étudier sur place, à Munich, le procédé nouveau.

C'est un élève de David, M. Bergeret, qui s'essaya d'abord sur la pierre calcaire, mais ses croquis n'ont aucune importance ; la *Sainte Famille,* lithographiée par Denon, en 1808, ne doit pas compter non plus parmi les spécimens heureux de l'art nouvellement créé.

A partir de 1816 des artistes de grand mérite se décident enfin à aborder la lithographie ; entre leurs mains le procédé acquiert rapidement toute sa valeur; on peut même avancer qu'après eux l'art fait place au métier.

Par conséquent, la grande époque de la lithographie est l'époque des premiers lithographes.

Dans le domaine des arts, quand surgit un procédé nouveau, il arrive souvent que l'on en fait immédiatement le meilleur emploi, et que les initiateurs laissent peu de chose de bon à glaner après eux. Voyez les pri-

FIG. 104. — SÉMIRAMIS.

Sculpture de M. Hebert. — Héliogravure d'après un dessin de A. Gilbert
au crayon sur papier strié.

mitifs de la peinture à l'huile ils ont *peint* avec un éclat et une solidité que le temps n'a pu entamer.

Les ressources multipliées de la mise en pratique ont, en outre, l'inconvénient grave d'affadir ce qu'il y a de meilleur dans l'artiste, son inspiration, le premier jet de sa pensée. Les recommandations de Boileau, fondées dans une certaine mesure quand elles s'adressent aux poètes, ne peuvent être que funestes aux artistes. Polir sans cesse et repolir, c'est la tendance fâcheuse de tous les arts en décadence; la lithographie ne fait pas exception, et il y a ceci de particulier dans son histoire, c'est que la chute a été presque immédiate; elle a parcouru toutes ses phases, de la naissance à la mort, en passant par le déclin, dans moins d'un demi-siècle.

Et pourtant c'était un art charmant et digne d'un meilleur sort. Il est mort entre les bras du Commerce, délaissé de ceux qui l'avaient mis au monde et qui seuls pouvaient lui garder sa place au soleil. En effet, la lithographie est avant tout et surtout un procédé d'artiste; tout homme qui a une éducation de peintre peut l'aborder d'emblée, sans crainte d'être rebuté par les difficultés du métier. Le crayon gras a une souplesse et une richesse de tons merveilleuse; c'est un outil docile qui se prête à tout ce qu'on lui demande; il dessine et peint sans effort sous la main qui le guide, ne laissant pas à l'inspiration le temps de se refroidir.

Avantage inappréciable et qui n'appartient qu'à la lithographie, au moins dans les procédés où l'artiste est son propre graveur, l'œil du dessinateur suit les progrès de l'œuvre; en la regardant dans une glace, il la voit telle qu'elle apparaîtra sur le papier de l'imprimeur;

Carle Vernet

FIG. 195. — MAMELUCKS

Lithographie de Carle Vernet, réduite par l'héliogravure cliché typographique.

dans l'eau-forte au contraire, pour laquelle les peintres modernes semblent se prendre d'affection, le travail s'entoure de mystère ; pour le suivre, il faut le déchiffrer, le traduire pour ainsi dire, et c'est là une opération de l'esprit qui réclame une certaine expérience du métier.

La lithographie, nous le répétons, est par excellence un procédé de peintre. On ne doit pas en attendre cette collaboration inconsciente que fournissent les hasards de la morsure dans l'eau-forte ; c'est là une raison de plus pour que les forts s'y essayent ; pouvant compter sur une traduction fidèle de leur pensée, sans alliage, sans adultération, ils ont le droit de s'écrier avec le poète : «.... je bois dans mon verre ».

Envisagé au point de vue de son mérite comme matrice à estampes, la lithographie conserve encore une réelle valeur, et, sous bien des points de vue, je ne partage pas l'opinion de M. Delaborde, qui la range à une place inférieure dans les arts de reproduction. Pourquoi perdrait-elle les qualités esthétiques que nous avons signalées, en passant du rôle de créateur à celui de copiste ? On lui reconnaît une souplesse incomparable pour rendre les finesses du dessin le plus ténu, et des colorations exquises dans toute la gamme des tons ; que lui manque-t-il donc pour égaler ses rivales, la gravure en taille-douce et l'eau-forte ? Si le burin conserve encore le privilège presque exclusif de s'attaquer aux œuvres de la peinture qualifiées œuvres de style, n'est-ce pas par un sentiment de respect traditionnel, irréfléchi, qui nous fait accepter une sorte de possession d'état comme un droit bien fondé et imprescriptible ? La vérité est que la lithographie n'a pas fait ses preuves en ce genre, par la simple raison qu'il s'est à peine trouvé un artiste lithographe de grande valeur pour tenter l'aventure et un éditeur pour le soutenir. Quoique les lithographies d'Aubry-Lecomte d'après Girodet, et de Sudre d'après Ingres vaillent largement les gravures au burin qui nous viennent des élèves de Bervic et de Desnoyers, nous croyons que la lithographie n'a pas donné la mesure de sa valeur dans l'interprétation de ce que l'on veut bien appeler la grande peinture.

Quant au paysage, nous sommes pleinement édifié : la lithographie a affirmé sa supériorité d'une façon qui n'admet pas de réplique ; il suffit de voir les copies faites par M. Vernier d'après Corot, et mêmes celles de M. Chauvel d'après Troyon, J. Dupré et d'autres paysagistes contemporains.

La vraie raison qui a fait délaisser la lithographie comme mode de reproduction n'est pas dans son insuffisance artistique ni dans celle des artistes lithographes, elle est dans son insuffisance commerciale. Si bien *rentré* que soit le travail et si grande que soit la ressource des reports qui permettent de multiplier les pierres de tirage, la lithographie fournit un nombre insuffisant de bonnes épreuves pour les exigences du jour. Il faut, par conséquent, vendre ces épreuves un prix assez élevé.

Et puis, la photographie est venue qui a porté un coup funeste au commerce des estampes. Le burin se meurt ; pour trouver un aliment à ses nobles travaux, il est contraint de vivre dans le passé, car les peintres du jour ne s'aventurent guère aux sujets de style ; le vent du succès souffle d'un tout autre côté. Artistes et ama-

15

FIG. 106. — CHEVAUX EN LIBERTÉ.

Lithographie à la plume d'après Géricault. — Héliogravure réduite de Yves et Barret.

FIG. 107. — MARCHÉ AUX BOEUFS.

Lithographie à la plume d'après Géricault. — Héliogravure réduite de Yves et Barre

teurs emboîtent le pas à l'actualité : ce n'est à aucun point de vue l'affaire du burin.

Reste l'eau-forte : celle-là vit, prospère même, quoique l'héliogravure lui fasse déjà un certain tort. S'il est certain que les amateurs ne manqueront jamais aux belles épreuves des aquafortistes, on peut prévoir cependant le moment où les éditeurs de livres se passeront de leur concours. L'heure sonnera dès que la reproduction en fac-similé des dessins originaux ne laissera rien à désirer. Nous regrettons d'avoir à dire que le moment nous semble proche.

En dehors de l'art, la lithographie se porte fort bien ; il suffit, pour être édifié sur sa santé, de se rendre compte qu'il n'est pas de petite ville qui ne compte une imprimerie lithographique : les étiquettes du commerce, les en-têtes de lettres, les circulaires de toute nature font vivre largement l'invention de Senefelder.

Mieux vaut, même au point de vue de l'art, cette existence un peu terre à terre qu'un anéantissement complet; tant qu'on dessinera ou qu'on écrira sur des pierres lithographiques, il peut prendre fantaisie à un artiste de se souvenir de l'usage plus noble qu'on en peut faire.

Nous avons indiqué plus haut les noms des artistes qui, les premiers, s'essayèrent en France sur les pierres lithographiques; cette part faite à l'ordre chronologique, nous devons dire que la lithographie n'a réellement compté chez nous que du jour où les deux Vernet, Géricault et Charlet adoptèrent le nouveau procédé. Au début, nous trouvons les timides et pâles esquisses d'Horace Vernet et les violentes silhouettes de Géricault; les

FIG. 108. — FRAGMENT D'UNE LITHOGRAPHIE

De Charlet. — Réduite par l'héliogravure typographique.

unes et les autres trahissent, avec le tempérament des
artistes, l'indécision de leur main inexpérimentée : ce sont
bien là des essais ; la pierre interrogée ne livre pas immédiatement le secret de ce qu'elle est capable de produire.

Puis Horace Vernet s'enhardit et son talent se dégage
des entraves du métier; il raconte alors, avec la liberté
d'allures qui lui est propre, l'histoire intime du soldat,
les menus incidents de la vie de caserne et les petites
misères de la guerre. Un peu froides à l'œil, ses lithographies rachètent ce défaut par la précision et l'élégance du dessin, et aussi par la bonne humeur des sujets
qu'elles traitent; son œuvre comprend environ deux
cent cinquante lithographies.

Le mérite de Géricault est tout autre : son faire a
quelque chose d'épique qui nous transporte bien au delà
des régions de l'anecdote. Le talent d'Horace Vernet
est un talent plus littéraire que plastique; avec Géricault, on se sent en présence d'un grand peintre. Il s'affirme tel dans ces magnifiques *Suites de Chevaux* où,
à côté d'une technique irréprochable, on admire la
hardiesse de la conception et la puissance du rendu.

A l'inverse de ses deux rivaux, Charlet débuta par
le meilleur de son œuvre. Ses premières lithographies
sont d'un peintre de l'ordre le plus élevé; les autres
d'un illustrateur toujours spirituel et d'un observateur
toujours bien informé; elles ne font, en somme, aucun
tort à sa gloire. Et puis, ne faut-il pas tenir compte de
l'immensité de son œuvre? Quand un artiste a composé
et dessiné de sa main onze cents sujets, on serait mal
venu à vouloir le juger exclusivement sur tel ou tel de
ses travaux. L'ensemble accuse la fertilité de son inven-

tion ; quant à la qualité de ses œuvres, il faut l'apprécier sur les échantillons les plus parfaits. Ce sont eux, en
effet, qui donnent la vraie mesure du talent de l'artiste.

FIG. 109. — GRENADIER.

Par Horace Vernet. — Gravure sur bois d'après une lithographie.

Charlet a été, du reste, le grand peintre de l'armée
française ; nul mieux que lui, ni aussi bien, n'a compris et exprimé la physionomie corporelle et morale de
nos soldats. Il a fixé en traits impérissables leur héroïsme bon enfant, mélange de courage patriotique et

d'emphase naïve; il a retracé avec une bonne foi sans égale les qualités et les défauts de notre race. Homme de cœur bien français, il reste toujours homme d'esprit; ceci est à noter comme un caractère qui lui est propre.

Charlet, qui dessinait largement dans la forme sans s'attarder aux détails, sauf dans quelques œuvres, avait une remarquable entente de la composition; toujours bien conçus, ses groupes ont l'aspect simple et solide de la réalité. On admire beaucoup, et à juste raison, le vif sentiment qu'il avait du paysage; sous ce rapport comme sous bien d'autres, il était en avance sur son siècle. Les silhouettes légères d'arbres et de terrains qui garnissent les fonds de ses compositions, font penser parfois aux eaux-fortes de Rembrandt : c'est la même impression vive de nature rendue au moyen de quelques traits d'une fermeté et d'une élégance admirables. Cette comparaison avec un maître du xviie siècle ne contredit en rien l'opinion que nous venons d'émettre au sujet du rôle de Charlet auprès de ses contemporains; il était en avance sur eux parce qu'il retrouvait le premier le chemin de la nature, oublié en France et partout ailleurs depuis plus d'un siècle.

Une autre face du talent de Charlet a été bien mise en lumière par M. Delaborde : nous ne pouvons mieux faire que lui emprunter ses propres expressions.

« N'est-ce pas aussi à Charlet que revient l'honneur d'avoir osé le premier choisir des sujets dont les enfants sont les seuls héros et d'avoir su nous intéresser à des scènes aussi humbles en elles-mêmes? On n'objectera pas, je suppose, ces guirlandes de petits amours ou génies que Boucher et ses pareils avaient coutume, au

FIG. 109. -- VIEUX BERGER,

Par Charlet. — Héliogravure d'une lithographie à la plume, réduite.

XVIIIᵉ siècle, d'enrouler autour d'un plafond ou sur le

champ d'un dessus de porte, ni même les figures enfantines, nullement mythologiques d'ailleurs, auxquelles
Greuze et surtout Chardin ont donné un rôle charmant,
mais accessoire, dans plusieurs de leurs tableaux. Sous
le crayon de Charlet, les enfants ont plus que ce rôle
épisodique, mieux qu'un intérêt de surface et qu'une
grâce de convention. Soit que le dessinateur nous les
représente au moment des jeux ou aux heures si lentes
de la classe, soit qu'il retrace leurs élans d'indocilité ou
leurs ruses, leurs amitiés ou leurs querelles, partout
l'expression est aussi complète que la donnée même est
piquante. Quelque chose d'imprévu et de profondément
vrai tout ensemble, un mélange d'invention spirituelle
et d'observation ingénue, voilà ce qui donne un charme
exquis à ces petites scènes où la naïveté courait le risque
d'aboutir à la niaiserie, l'humilité des éléments à l'indi-
gence de l'aspect, et que, peut-être à cause de cela même,
aucun artiste n'avait abordées. Et cependant, à en juger
sur les résultats de la tentative, quelles ressources n'of-
fraient pas d'aussi modestes données, au point de vue
du fait pittoresque et des souvenirs ou des idées qu'il
implique? N'eût-il laissé que cette série de scènes enfantines, Charlet n'en demeurerait pas moins un des
artistes les plus ingénieux, un des mieux doués de notre
temps. »

Parmi les œuvres capitales de Charlet, nous citerons : *le Drapeau défendu, l'Aumône, les Français
après la victoire, le Voltigeur et le Carabinier, Le
voilà!*... Nous pourrions multiplier les exemples, mais
cela nous entraînerait trop loin. Les lithographies de
Charlet sont aujourd'hui recherchées avec un empres-

sement qui prouve le rang qu'il occupe dans l'estime des artistes et des amateurs : certaines atteignent à des prix fort élevés, autant à cause de leur mérite que de leur rareté. On sait que l'artiste n'hésitait pas à sacrifier un travail qui ne lui plaisait pas ; il poussait le souci de ses œuvres jusqu'à racheter, pour les anéantir, des tirages complets d'une pierre condamnée par lui.

Dans les mains d'Horace Vernet et de Charlet, la lithographie a été une arme de combat, arme toute spirituelle, qui prend rang dans l'arsenal des chansons de Béranger et des pamphlets de Paul-Louis Courier. Ces armes, forgées pour la défense de la liberté, se mirent au service de la légende impériale : c'était là une singulière façon de comprendre le libéralisme, mais sous la Restauration on n'en connaissait point d'autre ; les coups n'en tombaient pas moins drus et bien appliqués sur l'ancien régime personnifié par les Bourbons.

En dehors de la politique, la lithographie célébrait les petits sujets de genre et y trouvait également le succès. Pigal, Henri Monnier, Eugène Lami, Grandville avec ses animaux, y acquièrent une juste renommée. Grandville, artiste surfait, à n'envisager que la valeur plastique de ses ouvrages, était un esprit ingénieux et fin ; *les Métamorphoses du jour*, où il se raille de la bêtise humaine, doivent compter parmi les productions les plus intéressantes de son époque.

Entre temps, les adeptes de l'art sérieux, les disciples de David, voulurent tenter de la lithographie. Ingres s'y essaya personnellement plusieurs fois et aussi Gros, mais ils n'insistèrent pas. Girodet y mit plus de persévérance ; on lui doit des sujets mythologiques et des por-

traits ; il lithographia lui-même et il encouragea la traduction de ses œuvres de peinture en lithographie. Son
élève, Aubry-Lecomte, a crayonné d'après lui des pierres
où la perfection du travail est poussée jusqu'aux dernières limites. Dans la même voie, M. Sudre a fait
preuve d'un remarquable talent ; son *Odalisque,* d'après
Ingres, n'a rien à redouter d'un rapprochement avec la
gravure au burin la plus réussie.

Le nom de Léon Cogniet, qui est mort l'an dernier,
dut à l'origine sa popularité bien plus à la lithographie
qu'à la peinture ; ses petites *Scènes italiennes* survi-
vront peut-être au *Tintoret peignant sa fille morte.*

La lithographie était bien faite pour tenter les romantiques ; ils avaient là un moyen simple et pratique de
vulgariser de chaudes improvisations qui se seraient
refroidies en passant par les lenteurs des autres procédés de reproduction. Delacroix aborda la pierre calcaire avec un entrain qu'il est permis aujourd'hui de
trouver excessif, sans insulter à sa gloire. Il devait, du
reste, se calmer rapidement, ainsi que l'attestent les
Scènes d'après Shakespeare, qui suivirent de quelques
années les fougueuses illustrations du *Faust* de Gœthe.
Cette deuxième série comprend des planches fort belles où
les droits de la composition et du dessin sont respectés
sans qu'il en coûte à la hardiesse et à la beauté de l'effet.

Les plus précieuses lithographies de Delacroix représentent un *Lion de l'Atlas* et un *Tigre royal.* Ici, le
maître s'affirme dans toute sa puissance : l'effet est d'une
grandeur saisissante et il n'y a rien à reprendre dans la
structure des deux nobles animaux. Le paysage est
traité avec l'ampleur magistrale que l'on est accoutumé

d'admirer dans les peintures où Delacroix interprète la nature avec autant de poésie que de vérité.

Bonington a été un lithographe exquis; c'est lui peut-être qui a poussé le plus loin la démonstration de

FIG. 111. — ANACRÉON.

Par Girodet. — Héliogravure réduite d'après la lithographie.

la valeur spéciale du procédé. Coloration allant de la délicatesse extrême à la plus extrême puissance; enveloppe chaleureuse, dessin large, rempli de souplesse et d'élégance, telles sont les qualités qui recommandent les œuvres de ce jeune maître, mort dans la fleur de l'âge et du talent. Élève de Gros, il débuta, vers 1823, dans les premières livraisons d'une publication fondée par le baron Taylor et qui se poursuit encore, quoiqu'elle ne compte plus au point de vue de l'art. Les *Voyages pittoresques et romantiques dans l'ancienne France* contiennent, entre autres planches remarquables, plusieurs lithographies de Bonington représentant de vieux édifices de la Normandie et de la Franche-Comté. Certaines sont de véritables chefs-d'œuvre dans cet ordre de travaux : *la rue du Gros-Horloge* à Rouen, *l'Église de Saint-Gervais et Saint-Protais* à Gisors, celles de Brou et de Tournus, par exemple.

Les sujets où il a traité de scènes élégantes, accommodées au goût de la renaissance de convention qui était de mode à son époque, sont tout aussi remarquables : quoiqu'ils soient peu variés, on ne se lasse pas de les voir ; leur charme pittoresque sauve la monotonie, la pauvreté même de l'invention.

Devéria, lui, s'est prodigué dans tous les genres, ce qui n'est pas sans avoir fait du tort à son talent et à sa réputation ; le meilleur de son œuvre se retrouve dans les portraits qu'il a dessinés de ses contemporains. Inventeur du genre, il en est resté le maître, et c'est avec raison que M. Delaborde le met au-dessus de tous les lithographes qui se sont distingués dans cette spécialité, sans en excepter M. Gigoux, à qui l'on doit, entre autres remarquables portraits, ceux de Gérard, et des frères Alfred et Tony Johannot.

La lithographie est un excellent moyen de rendre le portrait, aussi en a-t-elle abusé un peu ; mais ce n'est pas au procédé qu'il faut s'en prendre si MM. Grévedon, Maurin ont inondé la place de spécimens peu recommandables.

Decamps fit son apparition peu de temps après la ré-

volution de juillet; la lithographie avait déjà atteint
toute la perfection qu'elle est capable d'acquérir; entre
les mains de Charlet, de Géricault et de Bonington, elle
avait produit des œuvres originales dont la saveur toute
nouvelle a gagné avec le temps; des copistes habiles
avaient, d'autre part, affirmé son excellence comme mode
de reproduction : le métier était irrévocablement acquis.
Decamps, tout en ne négligeant aucune des ressources
du procédé, fut bien inspiré en revenant à la simplicité
des premiers maîtres. On peut lui reprocher, cependant,
d'avoir poussé à l'excès la recherche du pittoresque. Le
parti pris est chez lui affaire de volonté plus que de
sentiment; il y paraît dans ses peintures aussi bien que
dans ses lithographies; or cela jette un certain discrédit
sur l'ensemble de ses travaux. Qu'il interprète La Fon-
taine, Cervantes, les scènes de la Genèse ou les mœurs
de l'Orient, il reste sensiblement le même : le caractère
particulier de l'œuvre disparaît sous la personnalité du
peintre. La nature artistique de Decamps et le *canon*
qu'il avait adopté pour la manifester ne sont pas d'un
ordre assez élevé pour qu'on passe condamnation des
exigences légitimes de la vérité topique et historique.

Decamps a traité tous les genres : la caricature politique, où il s'est montré violent pour réussir — ce n'est
pas la partie recommandable de son œuvre; — les scènes
militaires, où l'exagération de son sentiment pittoresque
l'a souvent bien servi; les scènes de mœurs dans le
genre larmoyant, que Duval Le Camus avait mis à la
mode; des albums de croquis divers lestement enlevés;
des animaux, des sujets de chasse, hardis et brillants de
ton, et enfin d'excellents paysages de l'Orient

C'est, en résumé, un lithographe coloriste qui se place entre Bonington et Eugène Delacroix ; il est moins fin, moins *artiste* que le premier et il n'a pas la puissance du second.

Élève de Charlet, Raffet passa les premières années de sa vie de producteur à continuer son maître. Puis, après 1830, il s'émancipa sous l'impulsion du succès et devint l'artiste ému et si profondément émouvant que l'on connaît. Les leçons de Gros, qui fut son second maître, avaient, du reste, élevé à un degré supérieur son éducation d'artiste ; il y avait gagné une conception plus haute et une pratique plus affinée. Épris de la gloire militaire, comme ses devanciers, il comprit le premier que l'épopée du soldat n'a de véritable grandeur que lorsqu'on choisit pour thème la défense de la patrie. L'empire le séduisit d'abord par l'éclat de la légende napoléonienne, que les circonstances politiques avivaient au point de fermer tous les yeux aux cruelles vérités de l'histoire. Puis, un revirement se fit dans cette âme honnête et il se prit d'admiration pour les héroïques lutteurs de la première République : l'armée de Sambre-et-Meuse avait trouvé un peintre digne d'elle. Les lithographies où Raffet a célébré l'héroïsme et les souffrances des défenseurs improvisés du sol national sont connues de tous ; nous n'avons pas à insister sur le sentiment de patriotique émotion que le peintre a su y mettre, non plus que sur le mérite purement artistique de leur exécution.

Raffet n'avait pas seulement un grand cœur ; il était un artiste de grande imagination. Dans leur petit cadre, certaines de ses compositions s'élèvent au rang des œuvres les plus considérables de la peinture, par la poésie du sentiment ou de l'idée qu'elles expriment. Telles sont : *le Réveil, le Défilé nocturne, le Cri de Waterloo* et cette *Revue* de fantômes passée par l'ombre de Napoléon que tout le monde a admirée.

Raffet est un artiste non moins remarquable quand il se borne à représenter les hommes et les faits de l'histoire dans leur réalité. Les lithographies qui ont trait à *l'Expédition de Constantine* et celles dont il a enrichi l'ouvrage du prince Demidoff, *Voyage dans la Russie méridionale et la Crimée,* sont là pour l'attester; la sincérité, qualité nouvelle à son époque, avec laquelle il comprend et traduit ce qu'il a vu, donne un charme tout particulier à ses travaux, et l'on ne peut s'empêcher d'admirer la souplesse d'un talent qui passe avec tant d'aisance des conceptions les plus élevées de la poésie aux réalités de ce monde.

Les pièces du *Siège de Rome,* dont l'histoire fut interrompue par la mort de l'artiste, confirment ce que nous venons de dire. Il est impossible d'être à la fois plus exact et plus éloquent : le dessinateur s'efforce d'être sincère sans faire à la nature le sacrifice de sa dignité d'artiste, c'est-à-dire de son impression personnelle.

Le nom de Gavarni, que l'ordre chronologique amène à cette place, dans notre rapide énumération des maîtres de la lithographie, mérite qu'on s'y arrête pendant quelques instants. Ce nom est peut-être le plus populaire qui soit dans l'art qui nous occupe; cela tient à bien des causes étrangères à sa valeur personnelle envisagée sous le rapport purement plastique.

Gavarni, né à Paris le 13 janvier 1804, débuta

16

comme ouvrier chez un fabricant d'instruments de précision; il s'occupait de dessin, mais seulement au point
de vue industriel. Ce ne fut pas, du reste, un temps
perdu pour son éducation d'artiste. Les mathématiques
ont rendu un grand service à Gavarni, à divers points,
de vue : il leur doit d'avoir su mettre en perspective ses
moindres dessins, qui presque toujours se gravent dans
l'esprit par leur composition bien équilibrée; il leur
doit peut-être encore cette puissance de raisonnement,
cette logique serrée qui a fait de lui un penseur, un
légendiste inimitable.

Gavarni, lithographe et caricaturiste, apparaît en
1825. Un éditeur, M. Blaisot, publie les *Récréations
diabolico-fantasmagoriques,* par H. Chevallier. L'artiste signait de son vrai nom. Le pseudonyme de Gavarni fut adopté par lui à la suite d'un voyage dans les
Pyrénées, qu'il fit en 1828.

Dès cette époque, on trouvait le dessin de Gavarni
fin, élégant et bien approprié aux grâces féminines.
M. Émile de Girardin, qui dirigeait *la Mode*, lui de-
manda sa collaboration. Gavarni a été un dessinateur
de costumes original et exquis; il ne faut rien moins
que son talent pour faire passer, de nos jours, les modes
ridicules de 1830 à 1848; lui seul a su coiffer les têtes
mutines des Parisiennes de la gigantesque capote de
cabriolet, dégager leurs bras graciles des manches à
gigots et leurs petits pieds des jupes en cages à pou-
lets. Le costume d'homme a été également bien
traité par lui, mais pour celui-ci la difficulté était
moindre. Gavarni coiffe admirablement ses personnages, je le répète, parce que bien mettre un chapeau

sur la tête est une difficulté plus grande qu'on ne le supposerait.

On connaît quelques caricatures politiques de Gavarni, mais il ne réussissait guère dans ce genre qui a fait la gloire de Daumier. Le masque physique n'est pas son affaire; il faut être un excellent portraitiste pour aborder *la charge*, et Gavarni ne l'était guère; toujours il voyait au delà du visage et son œil allait, à travers l'enveloppe, exhumer la pensée, le sentiment dont sa légende, bien plus que son dessin, sera l'expression caricaturée.

Je n'entends pas lui en faire un mérite, car en matière d'art l'esprit, la valeur littéraire d'un homme, ne sont que des accessoires; les qualités plastiques priment tout. De là vient sans doute que les artistes proprement dits tiennent Gavarni en assez maigre estime, tandis que les gens du monde, étrangers aux choses de l'art, n'admirent que de confiance Daumier, dont nous parlerons tout à l'heure. Les premiers n'ont pas tort : Gavarni n'est évidemment qu'un littérateur égaré dans leur bâtiment. Quant aux seconds, on ne doit pas s'étonner qu'ils ne puissent pénétrer à travers le dessin de Daumier — vrai dessin d'artiste, sans agrément factice — cet esprit des choses que les initiés seuls peuvent apprécier, et toute une science qui n'est pas comprise dans le bagage de l'éducation générale.

Ce n'est pas à dire, cependant, que Gavarni ait ignoré l'art du dessin; mais il ne l'a connu qu'en illustrateur, tandis que Daumier est un peintre. « La caricature, que je ne méprise pas du tout, a-t-il écrit quelque part, est pour moi le dessin naïf approchant le dessin de l'en-

fant. Eh bien ! je suis arrivé, après de longues études, à
faire un bonhomme comme en fait un enfant de dix ans,
mais je ne puis en faire qu'un comme cela. » Il serait
difficile à un homme supérieur de se méprendre plus
complètement sur son talent que ne l'a fait Gavarni en
ces quelques lignes. Lui naïf! lui dessinant comme un
enfant! Ce qui lui manque précisément, c'est la naïveté.

Des journaux de modes, et sans les quitter, Gavarni
passa au *Musée des familles* et à *l'Artiste;* il a rempli
les premières années de cette revue de charmantes lithographies. Puis il fit paraître *les Nouveaux Travestisse-
ments* et des *Études d'enfants* qui sont comme une entrée
en matière aux séries célèbres du *Carnaval* et des *Enfants terribles.* Une suite de *Physionomies de la popu-
lation de Paris* lui fit faire la connaissance de Balzac,
qui, à cette époque (1833), n'était guère plus connu que
le caricaturiste lui-même.

Au contact des gens de lettres, Gavarni prit goût à la
littérature, et voulut faire comme eux. Il se mit à écrire
des nouvelles et bientôt il rêva d'avoir *son* journal. Le
Journal des gens du monde, malgré la collaboration
d'Alexandre Dumas, d'Alphonse Karr et de George
Sand, n'eut qu'une existence éphémère. Né le 6 dé-
cembre 1833, il succomba au mois de juillet 1834; en
mourant, il laissait son fondateur dans des embarras
financiers qui le conduisirent tout droit à la prison pour
dettes. Gavarni ne paraît pas avoir autrement souffert
de son incarcération, si l'on en juge par les joyeuses
images que *Clichy* lui a inspirées.

En 1837, Gavarni entra au *Charivari,* et ses débuts
y furent éclatants. *Les Fourberies de femmes en matière*

de sentiment sont peut-être ce qu'il a produit de plus remarquable. Puis vinrent : les récits de la *Boîte aux lettres*, dessins accompagnés de fac-similés de lettres imaginées où il accumule toutes les cocasseries du sentiment, avec orthographe appropriée ; puis *les Rêves, les Transactions, les Muses, Paris le matin, les Nuances du sentiment, les Martyrs,* et enfin *les Étudiants de Paris* et *les Enfants terribles.* C'était vers 1839 : Gavarni est à l'apogée de son talent. *Le Carnaval* qui suivit et *les Lorettes* mirent le comble à sa réputation. Le succès de cette dernière série fut prodigieux.

MM. Mahérault et Ém. Bocher ont dressé le catalogue de l'œuvre de Gavarni : le total accuse deux mille sept cent quatorze lithographies. Dans le nombre, il n'en est pas une qui soit indifférente ; toutes ont, à des degrés divers, ce cachet de grâce, de fantaisie, de liberté, qui est la marque du talent de cet infatigable dessinateur. Quant à la dépense d'esprit qu'il a faite pour commenter ses images, elle est incalculable, et la qualité de cet esprit n'appartient qu'à lui. Sa raillerie est celle d'un misanthrope mondain qui épanche sa bile en un argot parisien, beaucoup de son invention, d'un pittoresque irrésistible. La grande force de cet homme est d'avoir admirablement compris le cœur humain et, il faut bien le dire, de n'avoir jamais été gêné par celui qu'il portait dans sa poitrine. C'est un désenchanté, et un désenchanteur universel. On peut citer de lui cependant quelques planches où il a fait montre d'une réelle sensibilité. Le misanthrope avait fait relâche ce jour-là.

Ces fameuses légendes tant citées, il les composait

après coup : son dessin les lui dictait ; de là vient sans doute qu'elles l'accompagnaient si bien.

De 1840 à 1847 Gavarni a accumulé dessins sur dessins, légendes sur légendes, sans que son talent ni son esprit trahissent la moindre lassitude.

La suite *Gavarni à Londres* n'a pas, cependant, l'intérêt des séries précédentes. L'artiste, en abordant l'étranger, n'avait plus qu'une flèche à son carquois, le crayon ; il ne pouvait, à propos des mœurs anglaises, décocher les traits acérés de sa langue parisienne. Le voilà à moitié désarmé ; il ne porte plus que des coups affaiblis et, dessinateur, il se prend à regretter l'absence de l'excellent collaborateur qui prenait la parole au bas de ses images françaises ! Eut-il conscience de l'infériorité de ses dernières productions ? Peut-être, car nous le voyons consacrer les derniers mois de son séjour à Londres aux mathématiques !

Rentré en France, Gavarni reprit les travaux qui lui avaient si bien réussi, et il connut de nouveau les succès avec la belle série des *Masques et Visages* qui a paru dans le journal *l'Éclair*. Pendant une année entière que dura cette feuille, on y vit tous les matins une lithographie nouvelle de Gavarni. C'est un travail gigantesque, qui ne l'a pas épuisé, mais à partir de ce moment son talent et son esprit se transforment ; la mélancolie qui avait toujours habité le fond de son âme se tourne en tristesse noire, en amertume. Après un court passage à travers les sujets d'honnêteté pure, comme *le Jour de l'an de l'ouvrier*, il abandonne brusquement ce terrain de transition où il ne pouvait s'acclimater et se reprend à flageller le vice comme devant. Mais l'homme a vieilli, il ne voit plus les choses galantes par le côté aimable. Ce diable fait ermite distribue à droite et à gauche de grands coups de lanière et nous crie de faire pénitence. « Fini de rire », a-t-il dit lui-même.

Les Invalides du sentiment, les Lorettes vieillies, les Vieux Beaux effeuillent successivement les dernières illusions de Gavarni, et finalement nous le retrouvons désenchanté, ruiné de cœur et d'estomac, sous les traits d'un Diogène ambulant, revenu de tout en ce bas-monde, et qui nous tient *les Propos de Thomas Vireloque.*

C'est là le chant du cygne de Gavarni : il s'éteignit doucement dans le marasme, le 24 novembre 1866.

Daumier, dont le nom est déjà venu plusieurs fois sous notre plume, est, au point de vue de l'art, une figure plus importante que celle de Gavarni. S'il n'eût pas été rivé à la pierre lithographique par le succès, peut-être aurait-il pris dans la peinture contemporaine une des premières places. En effet, les qualités qu'on relève dans les cinq à six mille lithographies signées de son nom, sont de celles qui constituent les maîtres. Ce caricaturiste a été un coloriste large et puissant, un dessinateur de premier ordre. Le secret de la force de Daumier échappe, il est vrai, aux personnes qui n'ont pas fait une étude particulière de l'art et aussi à celles qui ne voient rien en dehors des formules classiques. Il faut, pour bien apprécier ses œuvres, laisser de côté tout préjugé d'école et faire la part des conditions d'exécution rapide, d'improvisation, qui lui étaient imposées par la nature du travail.

Daumier dans ses dessins cherche avant tout l'expression juste, le caractère; il n'a ni la volonté ni le loisir de traduire les délicatesses de la forme exacte, mais il en exprime la synthèse, la résultante, avec une justesse remarquable. De longues études mises au service de sa rare faculté d'observation l'ont conduit à des formules concises, qui lui permettent de résumer en quelques traits la physionomie et les aspects variés que prend la charpente humaine. Ses personnages, quelque grossis, déformés qu'ils soient par le besoin de *charger,* sont toujours bien construits ; l'œuvre est inachevée, mais elle repose sur des assises posées de main de maître. Quelquefois, du reste, Daumier s'est amusé à prouver qu'il pouvait aller aussi loin que quiconque dans la poursuite du rendu exact et minutieux. Son portrait de *Barbé-Marbois* assis dans un fauteuil est traité avec l'ampleur de style et la recherche de dessin qu'y eût apportées un Vénitien de la grande époque.

Ce que Daumier a traduit avec autant de gaieté que la physionomie humaine, c'est la physionomie du vêtement, si l'on peut parler ainsi. Non seulement les habits de ses personnages épousent leur forme corporelle, mais ils accusent leur caractère, leur manière d'être; la ressemblance en est rendue plus frappante.

Ces mêmes accents de vérité, on les retrouve dans le geste, dans la tournure des mains.

En résumé, Daumier a été un artiste de premier ordre; ses qualités ne sont pas de celles qui séduisent la foule ; par contre, elles captivent les artistes et tous ceux qui, à travers les négligences, les répétitions et les faiblesses trop faciles à relever dans son œuvre immense, savent reconnaître la haute marque de ses qualités plastiques.

Honoré Daumier était né à Marseille en 1810, il est

mort à Paris en 1879. Il débuta dans l'atelier de lithographie de Béliard, artiste médiocre mais qui fit fortune,
grâce à la faveur qui accueillit le procédé de Senefelder
à ses débuts, puis il alla étudier la peinture à l'académie de Bordin. Après avoir publié ses premiers essais
un peu importants dans *l'Artiste* que Ricourt venait de
fonder, il s'enrôla dans le groupe de caricaturistes que
dirigeait Philipon, et bientôt conquit une des premières
places à côté de Traviès, de Grandville, de Pigal, de
Gavarni et de Henry Monnier. *La Caricature, l'Asso-
ciation mensuelle artistique, le Charivari, la Silhouette,*
le comptèrent au nombre de leurs meilleurs collaborateurs. Il signa d'abord Rozelin. Le premier ouvrage
qu'il publia sous son nom, *Gargantua,* lui attira six mois
de prison. Agé à peine de vingt-cinq ans il avait déjà
conquis une grande renommée par ses portraits-charges
de députés et de personnages du gouvernement ; quatre
planches magnifiques datent de cette époque, *le Ventre
législatif, l'Enterrement de la Fayette, la Liberté de la
Presse* et *la Rue Transnonain.*

La fameuse série des *Robert Macaire* vint ensuite ;
elle dura environ deux ans dans *le Charivari.*

Je n'entreprendrai pas la nomenclature de l'œuvre
de Daumier ; j'ai dit qu'il comprenait cinq à six mille
lithographies. Gens de cour, de théâtre, de la basoche,
journalistes et bourgeois passent successivement sous
son crayon qui les mord au passage, mais sans déposer
aucun venin dans la blessure.

Aux noms que j'ai cités plus haut en parlant des collaborateurs de Philipon, des hommes d'esprit et de
talent qui ont fait la réputation du *Charivari,* il serait

injuste de ne pas joindre celui de Cham. Si nous fai-
sions l'histoire de la caricature, il faudrait lui réserver
une place d'honneur ; mais ramené à la question qui
nous occupe, l'art de la lithographie, le spirituel dessinateur n'a pas droit à une notice spéciale. Il a fait une
prodigieuse dépense d'invention et de bonne humeur,
mais son mérite est plutôt de l'ordre littéraire que nous
n'avons pas à examiner dans ce livre.

Il nous reste à citer un certain nombre de lithographes remarquables, qui certainement mériteraient
mieux qu'une mention, mais l'espace nous fait défaut.
M. de Lemud a publié, il y a une trentaine d'années,
Maître Wolfram et quelques autres estampes très esti-
mées. On doit d'excellente copies de tableaux à MM. Léon
Noël, Mouilleron, Eugène Leroux, Lassalle, etc., des
compositions d'une grande puissance de coloration à
Célestin Nanteuil. Faut-il laisser de côté, enfin, Victor
Adam, qui a inondé la France et l'Europe de ses planches
d'animaux ; ce que l'on peut affirmer de cet artiste aujour-
d'hui démodé, c'est qu'il a gaspillé un très réel talent.

J'ai dit, en commençant cette étude rapide, que la
lithographie était à peu près morte en France, au moment où nous sommes : ce ne sont point cependant les
hommes de talent qui manquent. On doit à l'excellent
peintre Fantin-Latour de magnifiques planches originales inspirées des œuvres musicales de Berlioz et de
Wagner ; des copistes de premier ordre se tiennent à la
disposition des éditeurs : Ch. Bargue, Gilbert, Chauvel, Bellenger, Bour, Laurens, Jules Didier, Robaud,
A. Sirouy, Émile Vernier, etc..., etc... Que faut-il donc
pour que la lithographie reprenne la place qui lui est

due. Un peu de bonne volonté de la part des éditeurs, et cette bonne volonté se manifestera le jour où l'administration des beaux-arts voudra bien distraire au profit d'une branche de l'art injustement dédaignée une partie de la subvention qu'elle accorde aux graveurs.

La lithographie, née en Allemagne, n'y a pas conquis l'importance artistique qu'elle a eue en France ; elle lui a fourni cependant d'habiles copistes des œuvres du pinceau, tels que MM. Strixner, Mansfeld et Forster, qui ont traduit avec talent les vieux maîtres allemands Adolphe Menzel, un des grands peintres de notre temps, a tracé sur la pierre calcaire des compositions de premier ordre ; nous n'en citerons qu'une : *Jésus au milieu des docteurs ;* c'est une des œuvres les plus remarquables qui puissent entrer dans un portefeuille d'amateur.

La *chromolithographie* est l'art de dessiner, sur plusieurs pierres calcaires, les différentes couleurs d'un sujet déterminé et de les imprimer successivement sur la même feuille de papier.

Engelmann (1837), Daty, Hogarth, Rowney et l'imprimeur Lemercier ont amené ce procédé à un haut degré de perfection.

Voici en quoi consiste le travail de la chromolithographie : Après avoir tracé sur une pierre les contours du dessin, on transporte une épreuve de ce dessin sur chacune des pierres qui doivent concourir au tirage. Puis l'artiste modèle, au crayon noir, les parties de chacune qui correspondent à un ton déterminé, laissant les autres en blanc. Au tirage, la pierre de bleu sera encrée en bleu, et ainsi de suite des autres. Les impressions successives donneront l'épreuve en couleurs avec ses tons obtenus, les uns par juxtaposition, les autres par superposition de deux ou plusieurs couches de couleurs.

Le travail de l'artiste, le seul dont nous ayons à nous occuper, consiste donc à lithographier sur plusieurs pierres, au lieu d'une seule. Le reste appartient au métier d'imprimeur ; nous avons d'autant moins à insister que des procédés analogues sont examinés par nous dans différents chapitres de ce livre. (Voir notamment la *Gravure en camaïeu*, la *Gravure en couleurs* et l'*Héliochromie*).

La chromolithographie est fort utile, et elle a son mérite artistique quand on l'applique avec discernement. Elle sert à reproduire avec une exactitude parfaite les miniatures des manuscrits et généralement tous objets polychromes où la couleur est à peine modelée : peintures à fresques, vitraux, armoiries, tapis, tentures, porcelaines, pièces d'orfèvrerie, etc... C'est folie de vouloir l'appliquer à des copies de tableaux modernes, puisque la palette d'un imprimeur ne saurait avoir toute la variété de tons que comporterait l'imitation de semblables modèles.

MM. Kellerhoven, Regamey le père et Praslon sont les artistes les plus remarquables qui se soient exercés dans la chromolithographie.

FIN

TABLE DES GRAVURES

TABLE DES MATIÈRES

Paris. — Imp. A. Quantin, 7, rue Saint-Benoît.

BIBLIOTHÈQUE
de
L'ENSEIGNEMENT
des
BEAUX-ARTS